Manieren: Ein Roman

(Band 1)

Madame Panache

Writat

Diese Ausgabe erschien im Jahr 2023

ISBN: 9789359257044

Herausgegeben von
Writat
E-Mail: info@writat.com

Inhalt

KAPITEL I.

Was und wie groß die Tugend und die Kunst,
mit fröhlichem Herzen von wenig zu leben –
(Ein Lehrgelehrter, aber wirklich keiner von mir)
Lasst uns reden, meine Freunde, –

PAPST.

In dem abgelegenen Dorf Deane in Yorkshire lebte viele Jahre lang eine
dieser unglücklichen Frauen, die eine alte Jungfer belächelte; ein Titel, der
den Besitzer im Allgemeinen jeder Art von Verachtung aussetzt, wie harmlos
oder sogar würdig die Person auch sein mag, die unglücklicherweise so
bezeichnet wird.

Frau Martin, die Dame, auf die angespielt wurde, war sicherlich eine von
denen, „gegen die mehr gesündigt als gesündigt wurde"; denn Bosheit selbst
konnte sie nicht eines einzigen unbarmherzigen Gedankens, Wortes oder
Handelns beschuldigen, und selbst ihre Feinde, wenn sie überhaupt Feinde
hatte, müssen zugegeben haben, dass „die arme Frau Martin ein gutes Herz
hatte", wie minderwertig ihr Verständnis auch sein mochte an diejenigen, die
so taten, als würden sie ihre bescheidenen Verdienste verachten. Sie war eine
dieser würdigen guten Menschen, die nie etwas Schlechtes tat und nie etwas
Weises sagte; und die daher von denen, die zumindest als völlig gegensätzlich
gelten wollen, selten ohne den Beinamen verächtlichen Mitleids erwähnt
werden. Sie lebte in einer zufriedenen Mittelmäßigkeit, „ ohne Kummer
unter Neid", bescheiden und gutmütig, mit einem äußerst glücklichen
Temperament, sowohl moralisch als auch körperlich; in Freundschaft mit der
ganzen Welt und im festen Glauben, dass die ganze Welt mit ihr befreundet
sei, und in der Tat irrte sich zumindest in dieser Hinsicht ihr Urteil nicht;
denn nur wenige Menschen waren allgemein beliebter als „die arme Frau
Martin". Sie hatte immer ein Lachen für die unbeholfenen Scherze ihrer
Nachbarn parat, und den Bedrängten schenkte sie ebenso bereitwillig ihre
Träne . – Ihr Einkommen war äußerst begrenzt, dennoch schaffte sie es,
denjenigen, die noch ärmer waren als sie selbst, ein wenig zu ersparen Zu
ihren geringfügigen Spenden fügte sie so herzlich interessierte Anfragen und
so gut gemeinte Ratschläge hinzu, dass ihre Barmherzigkeit tatsächlich
„zweimal gesegnet" war. Zu ihren anderen guten Eigenschaften gesellte sich
noch die, eine hervorragende Managerin zu sein. Das ganze Dorf erkannte,
dass „die Süßigkeiten der armen Frau Martin und der Speck der armen Frau
Martin die besten im Ort waren." Auch gab es in ihrem kleinen Garten nicht

viele Jahreszeiten, die so unproduktiv waren, dass sie ihr den Stolz und das Vergnügen genommen hätte, ihrem wohlhabenderen, wenn auch weniger sparsamen Nachbarn eine Flasche Johannisbeerwein oder einen Topf Himbeermarmelade zu schenken. – Ihr Haus, das lag mitten im Dorf und unterschied sich von der Umgebung nur durch seine überragende Sauberkeit: Ein Hof, etwa so groß wie ein moderner Esstisch, den sie scherzhaft ihr Vergnügungsviertel nannte, trennte es von der Hauptstraße, ja der einzigen Straße , und war durch ein paar weiße Schienen davon getrennt; – ein kleiner, merkwürdig mit verschiedenfarbigen Steinen gepflasterter Weg war der Zugang zur Hallentür, und das Gras auf beiden Seiten war mit einem kreisförmigen Beet geschmückt, das mit umgekehrten Austernschalen eingefasst war und enthielt jeder ein paar Rosenbäume. Das Haus verfügte über ein Fenster, das zu jedem Blumenbeet im Erdgeschoss gehörte; und von drei darüber liegenden Treppen, von denen die mittlere , Mrs. Martins eigenes Schlafzimmer, mit einem alten, grün gestrichenen Zaun verziert war, der als Balkon für drei blühende Geranien und eine Juliblume diente, die „ihre Zeit verschwendete". „Süße in der Wüstenluft" aus einer kaputten Teekanne, die diese sparsame Hausfrau sorgsam als Ersatz für einen Blumentopf aufbewahrt hatte. Die Flurtür, die bei schönem Wetter immer offen stand, war mit einem sauberen, aber nutzlosen Messingklopfer und einer auffälligen Binsenmatte geschmückt; während der schmale Gang, zu dem er führte, als einziges Möbelstück eine riesige Uhr präsentierte, auf der Mrs. Martins einzige Dienerin Peggy oft prahlte, dass nie eine Spinne geruht habe, und deren riesiges Gehäuse den ganzen Raum von der Wand bis zur Wand ausfüllte Wand. Das linke Fenster, dessen dunkelbraune Fensterläden nach außen sorgfältig verriegelt waren, beleuchtete eine Küche, in der fröhliche Sauberkeit den Mangel an Größe reichlich kompensierte. Gegenüber befand sich das einzige Wohnzimmer von denselben Proportionen und von gleicher Sauberkeit . ein kleiner Pembroke-Tisch, der mit wechselnden Möbeln als Abendessen, Frühstück oder als Kartentisch diente; weiße Vorhänge und eine Jalousie, die für alles andere als für den Gebrauch gedacht war, da sie nie geschlossen war; ein halbes Dutzend Stühle, die einst prächtige Lilien- und Rosenornamente in allen Farben des Regenbogens gezeigt hatten, deren Ehre jedoch unter der kraftvollen und unablässigen Anstrengung von Peggys Schrubber längst verblasst war; ein Eckschrank, dessen oberstes Regal mit Mühe ein gut poliertes japanisches Teetablett enthielt, wo ein rosiger Celadon in einem leuchtend scharlachroten Mantel am romantischsten zu Füßen von Lavinia in einem Federbusch seufzte; und die besten Tassen und Untertassen, in regelmäßiger Reihenfolge angeordnet, füllten die Reihen darunter; – ein Bücherregal, das außer einer Bibel, Sir Charles Grandison, einigen Bänden des Spectator und gelegentlich einem gut durchgelesenen Roman von Mr. Salter enthielt Die Umlaufbibliothek diente auch als Aufbewahrungsort für verschiedene verstreute Artikel, wie die Teedose, Mrs. Martins Strickwaren und das Quittungsbuch, transkribiert von ihrer Nichte Lucy; und schließlich bildete eine barbarische Kopie von Bunburys wunderschönem Druck von Jenny Grey, der hochgeschätzten und einzigen Produktion von Lucys Nadel, während sie Miss Slaters vornehme „Akademie für junge Damen" besuchte, die Möbel dieses kleinen Zimmers.

Aber ihr Hauptschmuck und Mrs. Martins größter Stolz (neben Lucy selbst) war eine Glastür, die in ihr Anwesen führte: ein etwa anderthalb Hektar großes Grundstück, das als Küchengarten, Blumengarten und Garten diente. und Obstgarten, alles in einem. Diese Glastür war ein Geschenk des jungen Herrn Mordaunt gewesen, in dessen Gesellschaft sich Frau Martin oft unabsichtlich darüber beklagt hatte, dass der einzige Zugang zu ihrem Garten durch die Spülküche führe, und bei ihrer Rückkehr von ihrem einzigen Besuch in London etwa zwei Jahre bevor diese Erzählung beginnt, war sie von der fraglichen Verbesserung höchst angenehm überrascht gewesen. – Vielfältig und vielfältig waren die Spekulationen, zu denen dieses kleine Stück gutmütiger Galanterie im einfachen Geist von Frau Martin Anlass gegeben hatte. – „In der Tat." Ja, sie hätte nie daran gedacht, dass er so etwas tun würde! So großzügig! So freundlich! Und dann war sein Verhalten immer so zuvorkommend und höflich; es konnte sicher nicht an ihr liegen, dass er sich die Mühe gemacht hat, die Glastür zu bestellen; und an ihr Als er nach ihrer Rückkehr aus London anrief, erinnerte er sich sehr gut daran, dass er sagte, er sei sehr froh zu sehen, dass das Leben in der Stadt Lucy so gut gefallen habe, obwohl Mrs. Crosbie sehr gutmütig gesagt hatte, dass sie der Meinung sei, dass sie nicht halbherzig aussehe so gut wie vorher. Sie hat zwar nie gesehen, wie er viel mit Lucy *redete* , aber andererseits war sie auch so schüchtern!" – Frau Martin hatte an einem schönen Abend im Juli einige Minuten an derselben Glastür gestanden und sich einer ähnlichen Träumerei hingegeben, als diese plötzlich durch das plötzliche Eintreten von Lucy unterbrochen wurde, die mit ebenso viel Besorgnis im Gesicht wie ihrer leeren Bedeutungslosigkeit auftrat Züge ausdrücken konnten, riefen: „La! Tante, er wird heute Abend doch nicht kommen!" – „Komm nicht, Kind!" antwortete Frau Martin: „Warum, ich hätte nie erwartet, dass er es tun würde." – „Erwarten Sie nicht, dass Mr. Brown?" gab Lucy in einem Tonfall zwischen Wut und Überraschung zurück; „Erwarten Sie nicht Mr. Brown? Warum bin ich mir sicher, dass er kommen würde, wenn er könnte, und Sie würden die Lucases niemals ohne ihn fragen." „Nein, in der Tat, meine Liebe, das würde ich nicht tun." antwortete Frau Martin, völlig unbewusst, dass ihre erste Antwort auf das Thema ihrer eigenen Gedanken angespielt hatte, nicht auf den ständigen Gegenstand der armen Lucy: „Er ist ein wohlerzogener, nüchterner junger Mann und sehr aufmerksam gegenüber dem Laden; aber warum." Wird er heute Abend nicht kommen?" – „Er ritt einfach herbei, als ich am Tor stand, mit dieser kleinen Flasche Rosenwasser, die er damals mitbrachte, weil er, wie er sagte, zum Knappen Thornbull gehen musste, um es zu sehen der Koch, und er glaubte nicht, dass er zum Tee zurückkommen könnte, was er wollte – ich bin sicher, ich wünschte, Mr. Lucas würde sich um seine eigenen Patienten kümmern." – „Nun, Lucy, ich nehme an, der Rest wird bald hier sein ; Stell einfach das Tablett ab, meine Liebe, während ich nachschaue, ob Peggy den Sally Lunn richtig macht." Die arme Lucy machte sich mit ungewohnter Trübsal an ihre Aufgabe, nachdem sie zunächst innegehalten hatte, um noch einmal an dem Rosenwasser zu riechen, bevor sie es auf das fertige Bücherregal stellte; und sie war so langsam in ihren Bewegungen, dass der Teetisch kaum gedeckt war, als sie hörte, wie ihre Tante ihre Besucher aus dem Küchenfenster anredete: „Wie geht es Ihnen, Mrs. Crosbie, wie geht es Ihnen , Mrs. Lucas?" ; schöner Abend; vielen Dank; mir geht es ganz gut, und Lucy ist charmant; bitte treten Sie ein, Mr. Crosbie – geben Sie mir Ihren Hut; Mr. Lucas, ich hänge Ihren Gehstock hier neben der Uhr auf; setzen Sie sich, meine Liebe Nanny, ich hoffe, deine Schuhe sind trocken – tatsächlich glaube ich nicht, dass sie nass sein können; wir haben diese vierzehn Tage kaum einen Tropfen Regen gehabt. – Peggy! Bring den Wasserkocher mit."

Und nun, mit der Beseitigung der Hauben, dem Ordnen der Stühle und der Wiederholung von Wetterbeobachtungen und Erkundigungen nach der Gesundheit jedes einzelnen Anwesenden, war die Zeit bis zur Ankunft von Peggy völlig ausgefüllt mit a In der einen Hand hielten sie einen Teekessel aus hellem Kupfer und in der anderen eine gut mit Butter bestrichene, rauchend heiße Sally Lunn, machten der Sprachverwirrung ein Ende und versammelten die Gesellschaft in vorübergehendem Schweigen um den Teetisch. – Aber Mrs. Martins natürliche Geschwätzigkeit, Das verstärkte ihren unaufhörlichen Wunsch, höflich zu sein, und brachte sie bald dazu, die momentane Ruhe zu unterbrechen, und während sie ihr schneeweißes Taschentuch auf ihren Knien ausbreitete, um sich auf ihren Angriff auf die Sally Lunn vorzubereiten, wandte sie sich an ihren Nachbarn, den Anwalt , mit – „Nun, Herr Crosbie, was halten Sie von unserer Predigt gestern Abend? Mit Rücksicht auf Ihr besseres Urteilsvermögen, Mrs. Martin, denke ich, dass Ihr Freund Mr. Temple auf der Kanzel nicht so viel Gelehrsamkeit zeigt, wie er es vielleicht tun würde." – „Gelernt!" sagte seine freundschaftliche Ehefrau, „Ich kann nie glauben, dass der Mensch ein gelehrter Mann ist; ich könnte selbst eine ebenso gute Predigt halten." – „ *Non constat* , meine Liebe", antwortete Mr. Crosbie; „Obwohl ich oft denke, dass Sie sich als Pfarrer sehr gut geschlagen hätten, ist es Ihnen so wichtig, immer das letzte Wort zu haben." Wahrscheinlich hätte die sanfte Mrs. Crosbie der Gesellschaft eine Probe ihres Vortragstalents gegeben, wenn sie sich nicht angewöhnt hätte, nie auf die Worte ihres Mannes zu achten: Sie hatte daher zweifellos glücklicherweise während seiner Rede davon profitiert Gelegenheit, Mrs. Martins und Mrs. Lucas' Diskussion zuzuhören und dabei den Auftritt der

Gruppe aus Webberly House, bestehend aus Mrs. Sullivan und ihren beiden älteren Töchtern, den Miss Webberlys , in der Kirche am Abend zuvor zu respektieren . – „Ich erkläre, ich war nicht „Ich war mir noch nicht sicher, ob sie heruntergekommen waren", sagte Frau Martin, „bis ich sah, wie ihre beiden großen Lakaien ihre Gebetbücher und ihre Kissen in die Kirche brachten; Frau Sullivan sieht ziemlich rundlich und gesund aus." – „Ja, tatsächlich, sie sieht bemerkenswert gut aus;" antwortete die zustimmende Frau Lucas. „Nun!" entgegnete Mrs. Crosbie – „Ich glaube, sie bekommt Wassersucht; ihr Gesicht ist zum Teufel wie ein Cheshire-Käse." – „Es sieht auf jeden Fall so aus, als ob es ein wenig geschwollen wäre", antwortete die selbstgefällige Mrs. Lucas – „Meine Güte", entgegnete Mr. Lucas, „ich muss auf jeden Fall im Webberly House vorbeischauen und mich nach dem Befinden der Familie erkundigen; ich dachte, sie hätten die Stadt erst im August verlassen; vielleicht sind sie zum Luftwechsel heruntergekommen." –" Und Lucy und ich müssen ihnen auch unseren Respekt erweisen, sie sind immer so sehr höflich." – „Sie sind nie sehr höflich , das nehme ich an", sagte Mrs. Crosbie; „Ich glaube tief in meinem Herzen, dass sie nie in die Nähe ihrer Nachbarn auf dem Land kommen würden, außer um ihnen ihr städtisches Flair zur Schau zu stellen." Ich denke, die Stadtluft sollte den Stadtmenschen zur Verfügung gestellt und *im usum jus habentis aufbewahrt werden* , für diejenigen, die sie verstehen ." – „Das ist es, was Sie niemals tun könnten, meine Liebe", antwortete die Dame. – Frau Lucas nickte wie immer zustimmend zu jeder weiteren Bemerkung jedes Einzelnen, während sie sich ebenso unermüdlich um Tee und Kuchen kümmerte. „Nun, ich bin sicher, auf jeden Fall", sagte ihre Tochter Nancy, „sie sind sehr vornehm: Was für eine schöne grüne Haube die kleine Miss Webberly hatte! – sie ist die Älteste , glaube ich ." – „Das bin ich." Sicher, wenn die Haube schön war, war das Gesicht darunter nicht schön; die beiden zusammen sind für alle Welt wie eine ausgewachsene Narzisse in ihrer grünen Hülle.

Webberly House abzustatten; und da alle aus Höflichkeit, Interesse oder Neugier darauf bedacht waren, die betreffenden Damen zu bedienen, wurde schnell beschlossen, dass sich die Gesellschaft am nächsten Morgen dorthin verlegen sollte. Nachdem schließlich alle Einzelheiten ihrer Kleidung, ihrer Beförderung usw. geklärt waren, setzten sich die vier Senioren von Mrs. Martins Besuchern zum Penny Whist hin, während sie sich an die Ecke des Kartentisches setzte, bereit zum Einschneiden, Schnupfen von Kerzen, oder nehmen Sie zivilrechtliche Bemerkungen zwischen den Geschäften vor.

Lucy und Nancy Lucas schlenderten in den Garten, angeblich um Johannisbeeren zu pflücken, in Wirklichkeit aber, um mit Mr. Brown, dem Apothekerlehrling und Mr. Slaters hoffnungsvollem Sohn und Erben, der in letzter Zeit angebliche Bewunderung für Miss Lucas gezeigt hatte, zu reden überschattet von einem Anflug militärischen Eifers , der ihn dazu bewogen hatte, in die Yorkshire-Miliz einzutreten. Schließlich veranlasste Mrs. Martins Angst vor dem feuchten Gras und dem abendlichen Tau die beiden ewigen Freunde, in den Salon zurückzukehren , wo der glückliche Zufall, dass ihnen ein seltsamer Trick gelang, indem sie den Gummi aufgebraucht hatten, die kleine Gruppe auflöste, die sich mit fast demselben Gefühl auflöste Hektik, mit der sie eingetreten waren. Während Mrs. Martin ihre sich zurückziehenden Besucher bis zu den White Pales verfolgte, mit erneuten Angeboten für ein Glas Johannisbeerwein, Hoffnungen und Befürchtungen bezüglich der Erkältung der Gesellschaft und der Versicherung, dass sie und Lucy sicherlich vor elf Uhr fertig sein würden für Herrn Lucas, mit großem Dank für sein Angebot, sie bei seinem Auftritt anzurufen.

KAPITEL II.

Mons. De Sotenville –
Que dites vous à cela ?

George Dandin –
Je dis que ce sont là des contes à dormir Debüt . [1]

MOLIÈRE .

Ungefähr um elf Uhr am nächsten Tag erschien eine verrückte Maschine, zu Zeiten unserer Großväter Noddy genannt, vor Mrs. Martins Tür. Darin saß Mr. Lucas in seinem besten schwarzen Anzug und mit flachsblonder Perücke, den Stock mit dem goldenen Kopf zwischen den Knien, und seine Hände waren ausreichend damit beschäftigt, ein schlecht gestutztes Karrenpferd zu zügeln, dessen kräftiges Hinterbein bei jeder Bewegung den Untergang drohte umständliches Fahrzeug. Die gutgelaunte Lucy sprang bald herein und setzte sich als Bodkin nieder; Aber das Besteigen von Mrs. Martin war eine schwierigere Aufgabe, da sich das Pferd in beträchtlicher Höhe befand und das von den Fliegen geplagte Pferd nicht zwei Minuten am Stück ruhig gehalten werden konnte; Zuerst wurde ein Stuhl hergestellt, der keine Wirkung hatte, aber schließlich konnte sie mit Hilfe ihrer Magd Peggy, dem benachbarten Schmied und den Küchenstufen, die üblicherweise zum Aufziehen des Wagenhebers verwendet werden, einigermaßen sitzen; und bevor ihr Lachen oder ihre Ängste nachgelassen hatten, überholten sie die Postkutsche des Dorfes , in der sich Mr. und Mrs. Crosbie sowie Mrs. und Miss Lucas befanden. – Die Reisenden in der Kolonne waren durch eine staubige Straße und eine strahlend heiße Sonne unbequem; Deren Auswirkungen fürchtete die gute Tante wegen Lucys blauer Seidenhaube und Spencer, die sie zwei Jahre zuvor bei ihrem oben erwähnten Besuch in London gekauft hatte, was immer noch ihr häufiges Thema und einziger Modestandard war. Sie kamen jedoch im Großen und Ganzen sehr zu ihrer Zufriedenheit voran und erreichten nach einer Fahrt von fast sechs Meilen ein prunkvolles Pförtnerhaus und Tor, eine genaue Kopie des Pförtnerhauses in Sion, das den Eingang zum Webberly House ankündigte . Die Annäherung, mit Verdoppelungen und Windungen, die selbst den besten Geländeläufer in Sussex verwirrt hätten, schaffte es nicht, das Haus auf Anhieb zu verbergen, sondern zeigte Lucys entzückten Augen einen riesigen Haufen – Ci-devant-Ziegel, der jetzt in einem römischen *Mantel* glänzt Beton, zusätzlich geschmückt mit klobigen Virandas im Norden und Osten, und einer offenen Veranda in der südlichen Sonne. Auf einer Seite des stolzen Herrenhauses befand sich ein versenkter Zaun, und ha! ha! – auf der anderen Seite ein Gebüsch, das der ihm übertragenen Aufgabe, die grelle Backsteinmauer eines Küchengartens zu verbergen, der fast so viel Platz einnahm wie der gesamte Vergnügungspark davor, völlig unzureichend war.

Auf dem spärlichen Rasen war ein Festzelt aufgestellt ; Am Fuße davon befand sich ein Teich voller Gold- und Silberfische, über dem eine chinesische Brücke hing, die zu einer Grotte und Einsiedelei in geringer Entfernung vom Haus führte . – Mr. Lucas überließ Lucy die Zügel und stieg aus die Ankunft der Partei anzukündigen. Nach ein paar Minuten Verspätung waren hastige Schritte im Flur zu hören, und ein paar Hausmädchen huschten mit Kehrschaufeln und Besen herüber, rannten durch einen der Seitengänge und riefen mit nicht gerade sanfter Stimme: „William.“! Edward! Hier ist Gesellschaft!“ "Unternehmen!" „Gähnte William, während er seine Arme bis zur äußersten Länge ausstreckte, und als er innehielt, um auf seine schöne Uhr zu schauen, die ebenso wie die seines Herrn zahlreiche Siegel mit französischen Mottos trug, verkündete er: „Pon. “ Ehre , es ist noch nicht ein Uhr . “ ging zur Veranda, wo er mit einer Geste zwischen Grinsen und Verbeugen höchst unzusammenhängend die Frage „Zu Hause oder nicht zu Hause“ beantwortete und, ohne sich die Mühe zu machen, darüber nachzudenken, was tatsächlich der Fall war, die Besucher hineinführte Sie gingen in den Salon und überließen es der Zofe der Dame, über ihr Publikum zu verhandeln.

Die strahlende Sonne zeigte den ungelösten Staub und die Partikel, die die Hausmädchen erst kürzlich aufgewirbelt hatten, und die Dorfgesellschaft wurde von den Ausdünstungen unzähliger Treibhauspflanzen fast erstickt, deren vereinter Duft zu stark war, um als Parfüm bezeichnet zu werden: Ihr Eintritt wurde behindert von Hockern, Kissen, Tabourets, Polsterhockern, Ottomanen, Fauteuils, Sofas, Paravents, Bücherständern, Blumenständern und Tischen aller Art und Größe. Ein unvorsichtiger Stoß gefährde die Porzellanmöbel eines Schreibtisches, und ein bemaltes Samtkissen legt Mr. Crosbie auf den Boden. Mr. Lucas, der die Schwierigkeiten der Navigation erkannte, setzte sich ganz ruhig hinter die Tür, aber nicht in Frieden – denn er war fast betäubt von dem Geschwätz und Streit eines Paroquets und eines Aras, begleitet von dem schrillen Gesang einiger unermüdlicher Kanarienvögel an der Außenseite des gegenüberliegenden Fensters hing, das kaum lauter war als das Jaulen eines Schoßhundes, dass Mrs. Martins Schwerpunkt durcheinander geraten war, als sie sich auf eines der Fauteuils setzte. In der Zwischenzeit begnügten sich Lucy und Nancy mit beträchtlicher Sachkenntnis damit, die Möbel zu untersuchen, eine Aufgabe, die sie wahrscheinlich eine Woche lang beschäftigt hätte, da die unpassende Mischung der Räumung eines Polstererzimmers, einer Porzellanmanufaktur und einer Druckerei zu ähneln schien -Geschäft. Die Vorhänge, fünf an einem Fenster, wurden für alle Jahreszeiten gleichzeitig aufgehängt und bestanden aus edlem Stoff, scharlachrotem Moränen, glänzendem Chintz, zarter Seide und weißem Musselin, die als Jalousien dienten und mit goldenen Fransen versehen waren. Der Sofa- und Stuhlstamm (denn um sie zu bezeichnen, würde eine so genaue und umfangreiche Nomenklatur wie Lavoisiers chemische Nomenklatur erfordern) war mit allen Farbtönen, allen Arten von Texturen bedeckt und hatte eine griechische, chinesische, römische, ägyptische und Pariser Form , Gotik und Türkisch. Die erstaunten Besucher verharrten fast eine Viertelstunde lang in der Stille der Verwirrung, doch dann wurde diese durch Mrs. Crosbie unterbrochen, die mit ihrer üblichen Schärfe ausrief: „Nun, ich bin mir sicher, wenn ich Mrs. Sullivan wäre, und das war sie auch." Wenn ich *gezwungen bin , wegen* meines Sofas und meiner Stuhlgestelle zu einem Pfandleiher zu gehen , würde ich wenigstens meine Bezüge ganz aus einem Guss machen! Es ist besser als das, was sich in der Dachstube meiner Großmutter befindet; und ich habe meinem kleinen William neulich zum Spielzeug ein Porzellanbild geschenkt, das dieser weißen Frau und dem Kind so ähnlich war wie zwei Erbsen." – „Obwohl das alles sehr schön ist." „Gut", sagte Mrs. Martin, „Sir Henry Seymour ist das richtige Haus für mich; drei Salons ohne einen winzigen Unterschied; und die Treppe hinauf immer sechs Schlafzimmer nach dem gleichen Muster – dann ist Mrs. Galton so ordentlich! kein einziges." Spinnweben sind im Haus zu sehen. – Gott sei Dank, Lucy! Deine Wange ist ganz dreckig und deine Handschuhe sehen so aus ! aus Staub! Solche Schlampenleute, pshaw!" – Auf alle erwiderte Mrs. Lucas ihr übliches zustimmendes „He – hem!" Mr. Lucas, der sich mit der Zeit von seiner ersten Bestürzung erholt hatte, erhob sich vom „Ort seiner Unruhe" und , mit Mr. Crosbie untersuchte dann den Inhalt eines Mischlingsartikels zwischen einem Schrank und einem Tisch, auf dem verschiedene Kuriositäten *geworfen* statt *platziert waren, wie zum Beispiel ein ausgestopftes Schwein in* Rüstung , eine Kiste mit fliegenden tropischen Vögeln -Fisch, Haifischkiefer, ein versteinerter Hummer, essbare Schwalbennester und chinesische Kugeln; mit zahlreichen Mineralproben, ordentlich beschriftet, Zeolith, Glimmer, Vulkanglas, Turmalin usw. „Multum in parvo", sagte Mr. *Crosbie* mit ein Grinsen über seine eigene Latinität; „Der junge Mr. Webberly muss sehr gebildet sein", antwortete Mr. Lucas, „ich würde gerne mit ihm über die Pflanzen der Westindischen Inseln und die medizinische Praxis in diesen Gegenden sprechen, für alle." Die Pflanzer sind verpflichtet, sich zu ihrem eigenen Vorteil um die Gesundheit der armen Neger zu kümmern, wenn sie es nicht zum Wohle der Menschheit tun Frauenstimme, die in scheltendem Ton alle Töne der Tonskala durchläuft, von dem die Besucher nur einzelne Sätze hören konnten, wie zum Beispiel: „Ich *bestehe* darauf, du lässt sie nie wieder rein – wie kannst du sagen, wir wären zu Hause." ? Kann ich Ihnen nie in den Sinn kommen, dass wir uns nie in einer *gemieteten* Postkutsche oder in irgendeinem offenen Wagen wohlfühlen , außer in einem Rollwagen und *zwei* Beiwagen oder einem Landaulet und vier?" – „Ich war es nicht, Fräulein, es war William; Ich halte mich immer an Ihre Anweisungen , Ma'am – neulich habe ich Sie Ihrem eigenen Onkel und Ihrer Tante verweigert, weil sie in einem Kinderwagen kamen." – „Onkel, Sir! Ich habe keinen Onkel. – Nun, ich gebe morgen im Pförtnerhaus Befehle – Gehen Sie und bitten Sie Fräulein Wildenheim , sie zu empfangen; und wenn sie es nicht will, sagen wir, wir sind alle raus; Ich sage Ihnen ein für alle Mal: Ich werde bei meinen morgendlichen Studien nie vor vier Uhr gestört werden, und *auch dann* nicht, außer von *Leuten in gutem* Zustand der Iris dieser wütenden Juno. Aber als Fräulein Wildenheim die Tür öffnete, zerstreute ihr eleganter, umgänglicher Knicks und ihr gütiges Lächeln das zunehmende Stirnrunzeln auf den Gesichtern der enttäuschten Gruppe .

Die Höflichkeit dieser jungen Dame entsprang dem Wirken eines gütigen Herzens, das von einem klaren Kopf geleitet wurde: Es war eine Politur, die ihren Glanz dem inneren Wert des Edelsteins verdankte, den sie schmückte, und kein oberflächlicher Lack, der über eine wertlose Substanz aufgetragen wurde, was zu einer leichten Kollision führte würde zerstören und die Mängel, die es eine Zeit lang verborgen hatte, umso deutlicher machen. Mit einem Blick aus ihren dunklen Augen erkannte sie, dass die guten Leute beleidigt waren, und während sie sich so gut sie konnte für das Nichterscheinen der Familie Webberly entschuldigte , glühte ihre Wange vor Empörung über ihre unverschämte Herangehensweise an bescheidene Werte: die Ihre aufmerksame Höflichkeit gefiel der bescheidenen, aber beleidigten Partei mehr als sonst, und ihre Bemühungen , ihren verletzten Stolz zu beruhigen, wurden schnell mit dem verdienten Erfolg belohnt. Fräulein Wildenheim erkundigte sich wiederum nach allen Verwandten jedes einzelnen Anwesenden, von dessen Existenz sie jemals Kenntnis erlangt hatte; und auf der Suche nach einer angemessenen Konversation requirierte sie jeden anderen Gegenstand des Geplauders, den ihr ihr kleiner Vorrat an der aktuellen Münze lieferte. Aber jetzt – „das beredte Blut", das „in ihren Wangen gesprochen hatte und so göttlich wirkte" und es nicht mehr mit „goldfarbenen Farbtönen" färbte, traf Mrs. Martins blasses Gesicht mit einem Stich der Trauer. „Meine *liebe* Miss Wildenheim ", sagte sie in einem Tonfall, der zeigte, dass das Beiwort natürlich kein Wort war, „ich fürchte, Ihr Besuch in London hat Ihnen nicht so gut gefallen wie unserer bei Lucy und mir, Don." „Sieht nicht mehr so frisch gefärbt aus wie zu Beginn des Frühlings." „Ah! Mrs. Martin", unterbrach Mr. Lucas, „diese erhöhte Hautfarbe war ein hektisches Symptom, es tut mir nicht ganz leid, dass sie verschwunden ist; ich hoffe, Miss Wildenheim , Sie haben sich fast von den Auswirkungen dieses starken Fiebers erholt." das hattest du letzten Winter." Mit einem Blick des Dankes an beide Fragesteller antwortete Mr. Lucas' Patient: „Perfekt, mein lieber Herr; es muss sich um eine tief verwurzelte

Störung gehandelt haben, die das Können und die freundliche Aufmerksamkeit, die Sie zu meinem Wohl aufgewendet haben, hätte verwirren können. " ." Mr. Lucas schüttelte klugerweise den Kopf und äußerte seine Zweifel an ihrer *vollkommenen* Genesung. „Glauben Sie mir, mein Herr, mir geht es ganz gut, meine Krankheit ist nur auf den Klimawandel zurückzuführen." Beim Wort „*Klima*" wurde die bisher ruhige Stirn der schönen Rednerin von einem Ausdruck kaum verhohlener Angst getrübt; denn dieses Wort hatte die Erinnerung an Tage der Hoffnung und Freude – der Zärtlichkeit heraufbeschworen, hinter denen sich das Grab für immer verschlossen hatte ! die sie mit der ganzen Inbrunst jugendlicher Gefühle, die sowohl in der Trauer als auch in der Freude gleichermaßen ergreifend waren, in höchster Schnelligkeit der Gedanken mit der trostlosen Gegenwart kontrastierte, in der jeder Tag wie sein Vorgänger den Strom der Zeit entlang glitt, ohne durch die Konversation eines Verwandten aufgeheitert zu werden Geist, ungesegnet durch das Lächeln zärtlicher Liebe.

Um ihre Gefühle zu verbergen , stand sie auf und klingelte, offenbar um ein Mittagessen zu bestellen, das gemäß der Etikette der Nachbarschaft jedem morgendlichen Besucher präsentiert werden sollte. Der größte Teil der Familie war in diesem Moment beim Frühstück, und deshalb wurde der Aufforderung nicht schnell Folge geleistet; Doch schließlich wurde ein Tablett hereingebracht, das im Luxus von Porzellan , Tellern und Glas glänzte und mit kaltem Fleisch, Obst und einer Vielzahl von Süßigkeiten beladen war, deren Namen und Inhalt Mrs. Martins größte Kochkenntnisse bewiesen konnte sie nicht in die Lage versetzen, es zu erraten. Da sie Unwissenheit in diesem Fall jedoch nicht als Glückseligkeit betrachtete, begann sie sofort mit ihnen Bekanntschaft zu machen; und nachdem die ganze Gesellschaft dem Mahl alle Ehre gemacht hatte, bereitete sie sich auf den Aufbruch vor; und es wurde beschlossen, dass die Anordnung der Fahrzeuge geändert werden sollte, da Stufen nicht leicht zu beschaffen waren, und dass Miss Lucas ihren Platz in der Postkutsche an Mrs. Martin überlassen sollte.

Fräulein Wildenheim an der Tür ihren Abschiedsknicks gemacht, als die Kutschen losfuhren, rief Frau Martin: „Was für eine süße junge Dame, Fräulein Wildenheim ist." "Oh!" sagte Mrs. Crosbie, „diese französischen Fräuleins haben immer Honig auf den Lippen." „Ich frage mich, wie sie so gut Englisch sprechen kann, denn ihre Augen, ihr Teint und ihr Akzent sind ziemlich fremd", bemerkte ihr Ehemann. „Und ich hoffe, Sie fügen hinzu, auch ihr Benehmen", erwiderte die Dame: „Ich habe mich ziemlich für sie geschämt, als sie zum ersten Mal nach Webberly House kam, sie hatte früher so viele Possen mit ihren Händen; jetzt ist sie so etwas wie; aber obwohl wir sie verbessert haben, sieht ihr Gesichtsausdruck drei Minuten lang immer noch nicht genau so aus; und wenn man etwas Höfliches zu ihr sagt, wird sie so rot, als hätte man ihr eine Ohrfeige gegeben. „Mr. Temple erzählte mir ", sagte Mrs. Martin, „dass sie nach Mr. Sullivan, als er letzten Januar starb, mehr trauerte als der ganze Rest der Familie zusammen. Eines Tages erzählte er mir, armer Mann, dass sie war die Tochter eines deutschen Barons. „Ah, Mrs. Martin", unterbrach Mr. Crosbie lachend, „ich fürchte, da ist ein Fehler in Bezug auf Geschlecht und Fall vorgefallen; eine Baronin *könnte* vielleicht die Tochter von ihr sein, da gegen mich eine Klage wegen Verleumdung erhoben werden könnte, ich." Ich werde nicht sagen, von wem. „Sie liegen beide falsch", sagte seine Frau, „denn *Mrs.* Sullivans *Zofe* teilte mir mit (und sie weiß alles), dass Miss Wildenheim Mr. Sullivans leibliche Tochter von einer deutschen *Prinzessin* (Gott vergib ihm) war, als er es war ein General im österreichischen Dienst. Ich wage zu behaupten, dass sie eine Papistin ist, denn er war ein Papist, und im Ausland sind sie *alle Papisten.* „Papistin oder nicht", antwortete Frau Martin, „ich bin sicher, dass sie die christliche Tugend der Demut praktiziert ; ich wünschte, Miss Webberly würde sich ein Beispiel an ihr nehmen und lernen, höflich zu sein." „Ich habe noch nie so etwas gesehen wie die Allüren der ganzen Familie", entgegnete Mrs. Crosbie voller Leidenschaft. „Ich werde darauf achten, sie zu beleidigen, wenn sie zum ersten Mal ihre Nase in Deane stecken." Hier war Mr. Crosbie alarmiert, denn er erinnerte sich an gewisse Taten und Übereignungen, von denen der junge Webberly mit ihm gesprochen hatte, und sagte deshalb: „In der Tat, meine Liebe, wir haben kein Recht, beleidigt zu sein; es ist nur die Sitte des Hauses: Haben Sie nicht gehört, wie der Lakai Miss Webberly gesagt hat , er habe sich geweigert, ihren eigenen Onkel hereinzulassen, und schließlich hatte sie keine Einwände gegen *uns* , sondern nur gegen den *Gig* und *die Postkutsche* ? Nach einigen bitteren Bemerkungen, gefolgt von stillem Nachdenken, stimmte Mrs. Crosbie offenbar dem Argument ihres Mannes zu und stimmte zu, die Webberlys von dem Fehler freizusprechen, den sein Einfallsreichtum in der Anklageschrift entdeckt hatte, die sie gegen sie erhoben hatte.

In der bescheidenen Gesellschaft von Deane hatte sogar sie Untergebene, in deren Augen ihre Bedeutung durch ihre jährlichen Besuche im Webberly House gesteigert wurde; und die nie geahnt hätte, dass die Unhöflichkeit, die sie ihnen gegenüber anwandte , eine bloße Übertragung dessen war, was sie von der unverschämten Launenhaftigkeit dieser Modesatelliten zu erwarten hatte.

Woher kommt die seltsame Verliebtheit, die so viele Menschen in allen Schichten der Gesellschaft glauben lässt, sie würden durch die Bekanntschaft mit dem, was ihnen unmittelbar übersteht, geehrt , wenn ihr Verkehr doch so häufig nur ein Austausch von Beleidigungen und Unterwürfigkeit ist? Gehen sie davon aus, dass das Ausmaß ihrer Folgen, wenn sie auf der einen Seite verringert werden, auf der anderen Seite proportional zunimmt?

Die Kommentare der Reisenden über die Familie Webberly hielten für den Rest der Fahrt an; und wenn die Gegenspieler ihre Bemerkungen gehört hätten, hätten sie vielleicht das Gefühl gehabt, dass das stolze Privileg, unverschämt zu sein, die Härte der Kritik, die seine Ausübung hervorrief, kaum wettmachte.

Schließlich trennte sich die Gesellschaft – Mrs. Crosbie, um der staunenden Mrs. Slater eine neue Ausgabe feiner Arien zu zeigen – die anderen Damen, um ihren Ausflug immer wieder zu besprechen, bei „Tassen, die aufmuntern, aber nicht berauschen".

KAPITEL III.

Etwas dort ist notwendiger als Kosten,
und etwas, das sogar über den Geschmack hinausgeht – das ist Sinn.

PAPST .

Dum vitant stulti vitia , im Gegenteil aktuell . [2]

HORAZ .

Die Familie im Webberly House war die einzige in der Nachbarschaft von Deane, die in einem Stil auffälliger Verschwendung lebte; Seine Mitglieder versuchen vergeblich , sich durch Extravaganz Respekt zu erkaufen und die Ideen und Stunden der *Beau Monde* an einen Ort zu verlegen, der für ihre Rezeption völlig ungeeignet ist. Die einzigen Familien in einer Entfernung von vielen Meilen von ihrem Wohnsitz waren – Sir Henry Seymours in Deane Hall, Squire Thornbulls in Hunting Field und Mr. Temples im Pfarrhaus von Deane; Alle lebten auf die ruhigste Art und Weise. Jenseits dieser Entfernung war das Land jedoch dichter besiedelt, und die Stadt York bot in der Renn- und Gerichtswoche genügend Attraktionen, so dass eine Fahrt von dreißig Meilen für die Webberlys , die sie zu dieser Zeit besuchten, trotz ihrer Verlockungen kein Hindernis darstellte waren nicht groß genug, um ihre unmittelbaren Nachbarn aus ihren Häusern zu locken. Mrs. Sullivan hatte Webberly House zwei Jahre vor Beginn dieser Erzählung gekauft , im Glauben an eine Werbung, die fast ebenso trügerisch war wie die berühmte Werbung eines berühmten Auktionators, der den Verkauf eines Anwesens durch eine „Hängung" ermöglichte -wood", bei dem es sich um einen Galgen auf einer angrenzenden Gemeinde handelte.

Webberly House – früher Simson's Folly genannt – war von einem verschwenderischen Erben absichtlich zum Verkauf angeboten worden, als dieser gezwungen war, über den väterlichen Nachlass zu verfügen, um die Schulden zu begleichen, die er durch seine Extravaganz verursacht hatte. Da es nicht leicht war, einen zweiten Betrüger zu finden, versuchte Mrs. Sullivan nun vergeblich , sich von ihm zu trennen, da sich weder sie noch ihre Kinder mit dem Leben in einem so abgelegenen Teil des Landes abfinden konnten.

Mrs. Sullivan war das einzige Kind eines äußerst reichen Strumpfhändlers in Cheapside, der vielleicht mehr Geld gespart hatte, als er verdient hatte, und seine Tochter umfassend in allen Künsten der Genügsamkeit unterrichtete, während sie ihre Kenntnisse in allen anderen Künsten und Wissenschaften auf beträchtliche manuelle Kenntnisse beschränkte Geschicklichkeit bei der Herstellung von „Pudding und Hemd", was er als Ultimatum der weiblichen Bildung betrachtete. Als Fräulein Leatherly der seit langem vorherrschenden Meinung zufolge für eine Ehe geeignet war, brachte ihr ihr großes Vermögen als Belohnung einen westindischen Pflanzer als Ehemann ein, von dem sie sich jene Gewohnheiten auffälliger Arroganz aneignete, die sie, gepaart mit ihrer schon früh angestrebten Sparsamkeit, prägte die Hauptmerkmale ihres Charakters. Aus dieser Ehe hatte Frau Sullivan einen Sohn und zwei Töchter; und fünfzehn Jahre nach der Geburt der ersteren wurde sie Witwe und verfügte über ein großes Vermögen sowie den gesamten Reichtum ihres Vaters. Sie erhielt die Adressen vieler Glücksjäger, gab aber schließlich einem gutaussehenden, gutmütigen, ausschweifenden Iren den Vorzug, dessen Namen sie nun trug. Herr Sullivan hatte zum Zeitpunkt seiner Ehe die Blüte seines Lebens überschritten; Er hatte lange in den österreichischen Armeen gedient (da er Katholik war, durfte er keinen hohen Rang in der Armee seines Heimatherrschers bekleiden und zog es daher vor, einem anderen Standard zu folgen), aber seine militärische Karriere brachte ihm außer Narben und Ehren kaum etwas ein nutzte gerne die offensichtliche Voreingenommenheit der wohlhabenden Witwe und glaubte zunächst, dass er das größte Glück hatte, Besitzer eines so großen Vermögens zu werden; Doch schon bald stellte er fest, dass er den Wohlstand, der ihm nicht nur die widerliche, illiberale Vulgarität seiner Frau, sondern auch die gereizte Unhöflichkeit und Selbstgenügsamkeit ihrer Kinder bescherte, teuer erkauft hatte. Sein einziger Trost war eine Tochter, die ihm Mrs. Sullivan im ersten Jahr ihrer Ehe geschenkt hatte, und sein Glück als Vater ließ ihn gewissermaßen sein Elend als Ehemann vergessen. Sein Herz hing völlig an der bezaubernden kleinen Caroline, und er bereute es bitter, dass seine frühere Verschwendung ihn gezwungen hatte, dem Wunsch seines älteren Bruders nachzugeben, die Erbschaft des Familienbesitzes abzuschneiden; die andernfalls auf sie übergegangen wären und sich sowohl auf den Weibchen als auch auf den Männchen ihres alten Hauses niedergelassen hätten. Herr und Frau Sullivan verkehrten nur wenig miteinander; denn sie war nie glücklich, außer wenn sie ihre älteren Töchter zu den angesagtesten Badeorten begleitete; während er zu Hause blieb und die meiste Zeit der kleinen Caroline widmete. Aber leider gewöhnte er sich bei dem Versuch, die unruhigen Gefühle seines Geistes zu vertreiben, nach und nach an, sich den Freuden der Flasche hinzugeben, und zwar in größerem Maße, als es der strenge Anstand zuließ. Ungefähr drei Monate vor seinem Tod wurde der geringe häusliche Komfort, den er genossen hatte, gegen völlige Unruhe eingetauscht, da zu dieser Zeit die Eifersucht seiner Frau dadurch geweckt wurde, dass er Fräulein Wildenheim als seine Mündel in seine Familie einführte. – Trotz seiner feierlichsten Worte Mrs. Sullivan versicherte ihr, dass diese junge Dame die Tochter eines deutschen Barons sei, der nicht nur seit langem sein kommandierender

Offizier, sondern auch seine eifrigste Freundin gewesen sei, und beteuerte ständig, sie sei sein leibliches Kind. Eine solche Vaterschaft war in ihren Augen ein fast unverzeihliches Verbrechen; denn angesichts ihrer Unterlegenheit in Rang und Geschlecht war sie immer noch unvernünftiger als Heinrich der Achte, der es zum Hochverrat für diejenigen machte, die er als Partner seines Throns suchte, nicht alle Fehler zuzugeben, die sie im Stand des Zölibats begangen hatten . Vielleicht hätte Mrs. Sullivan nur durch das für Adelaides Unterhalt erhaltene Stipendium mit ihrem Wohnsitz im Webberly House in Einklang gebracht werden können, denn sie war zu geizig, um sich für dreihundert Dollar im Jahr nicht auf ein großes Angebot einzulassen.

Als Miss Wildenheim zum ersten Mal in Mr. Sullivans Familie auftauchte, trauerte sie zutiefst um einen Elternteil, von dem seine Frau überzeugt war, dass er ihre Mutter sei. Es muss gestanden werden, dass die Zuneigung, die Mr. Sullivan Adelaide entgegenbrachte, und sein zerstreuter Geisteszustand seit ihrer Ankunft den Verdächtigungen seiner Frau eine sehr plausible Farbe verliehen. Er mied die Gesellschaft seiner Familie, und als er sich der Trinkgewohnheit hingab, erwies sich dies in kurzer Zeit als verhängnisvoll. Weil er eines Nachts spät in einem betrunkenen Zustand von Squire Thornbull zurückkam, wurde er an seinem eigenen Tor getötet, indem er von seinem Pferd fiel. Miss Wildenheims daraus resultierendes Leiden und ihre gefährliche Krankheit ließen bei Mrs. Sullivan keinen Zweifel an der Richtigkeit ihrer Vermutungen aufkommen. Wütend über diese offensichtliche Bestätigung ihres eingebildeten Unrechts und angetrieben durch den neidischen Hass, den die Miss Webberlys auf Adelaides überlegenen Charme an den Tag legten, beschloss sie, einen Gegenstand, der in diesen Berichten so abscheulich war, nicht länger unter ihrem Dach zu behalten; und als schmeichelhafte Salbung für ihre Seele redete sie sich ein, dass ein Mädchen mit einem Vermögen von zehntausend Pfund niemals große Verluste für ein Zuhause haben würde. Aber schließlich siegte ihre geliebte Leidenschaft, die Habgier, über ihren Groll; Wie sie sich erinnerte, sollte der Bruder ihres verstorbenen Mannes jemals davon erfahren, dass sie ein Mädchen, das Mr. Sullivan unter ihrem Schutz gelassen hatte und an dessen Schicksal (aus welchem Grund auch immer) er so tiefes Interesse gezeigt hatte, so behandelt hatte: sie Unfreundlichkeit könnte als Respektlosigkeit gegenüber seinem Andenken ausgelegt werden und als solche mit der Wärme des Familienstolzes und der Zuneigung, die für den irischen Charakter so natürlich ist, übel genommen werden. und vielleicht den beleidigten Bruder dazu veranlassen, sich für den Affront zu rächen, indem er sein Anwesen einem entfernten Cousin überlässt, der von ihrem Mann als Rivale von Caroline gefürchtet worden war. Diese und andere finanzielle Erwägungen veranlassten Mrs. Sullivan schließlich, die Vormundschaft über Miss Wildenheim zusammen mit einem Mr. Austin zu übernehmen , der ihr Vermögen verwaltete und angeblich ein alter und treuer Freund ihres Vaters war.

Allerdings hatte Mrs. Sullivan in ihrer Rolle als Ehefrau versagt, sie war als Mutter immer ein wenig nachsichtig gewesen und ließ sich von ihren Kindern leicht in jede teure Torheit verführen. Die Geldbeherrschung ihres Sohnes hatte ihn bei seinem ersten Eintritt ins Leben zu einem sehr begehrenswerten Bekannten einiger bedürftiger junger Modemänner gemacht, die ihm als Gegenleistung für die finanzielle Unterstützung, die er ihnen gewährte, den Gefallen taten, den Kopf zu verdrehen und zu korrumpieren seine Moral. Da er von Tag zu Tag ehrgeiziger wurde, seinen neuen Gefährten in all ihrer Extravaganz nachzueifern, überredete er seine Mutter, ihren Lebensstil zu ändern, um den Lebensstil der Verwandten seiner angeblichen Freunde möglichst genau *nachzuahmen* . In dieser kritischen Zeit hatte er unglücklicherweise festgestellt, dass Mr. Sullivan nicht weniger darauf bedacht war, sich jenen sekundären Kreisen der Mode anzuschließen, zu denen nur sie Aufnahme erwarten konnten, da er seit langem daran gewöhnt war, als Junggeselle ein Leben voller Fröhlichkeit und Ausschweifung zu führen; und die Miss Webberlys förderten seine Wünsche noch eifriger, da sie ebenso bestrebt waren, die Schwelle der Mode zu erreichen, die seit langem das unerreichte Ziel ihrer höchsten Hoffnungen gewesen war. Dies war vielleicht der einzige Punkt im Kapitel der Möglichkeiten, auf den sich die ganze Familie einigen konnte.

Mrs. Sullivan kehrte die Ordnung der Natur um und folgte dem Weg, den ihre Kinder für sie vorgezeichnet hatten, in der Annahme, dass sie in solchen Dingen besser unterrichtet seien als sie selbst; denn sie wusste, dass sie ein Übermaß an *Mitteln* erhalten hatten , und, arme Frau! Sie hatte keinen Verstand, um zu erkennen, dass sie das *Ziel der Bildung* verfehlt hatten . Indem sie ihre Kinder dazu ermutigte, modischen Verrücktheiten nachzugehen, folgte Mrs. Sullivan nur dem allgemeinen Beispiel wohlhabender Eltern, die wir so oft dabei beobachten, wie sie sich in früheren Zeiten wie Moloch-Anbeter verhielten und ihre Söhne und Töchter durch das Feuer der Ausschweifung gehen ließen , in der Chance, sie mit größerer äußerer Helligkeit aus der Prüfung herauszuholen; Aber die sengenden Flammen lassen allzu oft die Triebe der Ehre , des Wohlwollens und der Wahrheit bis zur Wurzel verdorren .

In nichts war Mrs. Sullivans beklagenswerte Nachahmung der Torheiten ihrer Kinder deutlicher zu erkennen als in ihrer Unterhaltung, die eine Mischung aus billigen Vulgarismen und Newmarket- Geschwätz war , mit hier und da verirrten Verzierungen aus dem sentimentalen und wissenschaftlichen Jargon ihrer Töchter; das Ganze wurde falsch angewendet und falsch ausgesprochen, und zwar auf eine Art und Weise, die Frau Malaprop selbst Ehre gemacht hätte !

Miss Webberlys Person befand sich stark in der misslichen Lage, die Solomon in seinem Lied für seine Schwester beklagt; aber als Entschädigung hatte sie einen Zusatz, den die jüdische Messe nicht hatte, in Form einer Ausstülpung auf der linken Schulter, die sie jedoch stets auszugleichen suchte , indem sie auf der rechten Seite die wohlüberlegte Füllung von Madame Hubers Streben anbrachte; und ihre Missbildung war nur an einigen leichten Spuren in ihrem Gesicht erkennbar, in dem außer einem Paar kleiner schwarzer Augen, die eher keck als funkelnd waren, nichts Bemerkenswertes zu sehen war. Im Bewusstsein, dass sie als Schönheit nicht glänzen konnte, beschloss sie, ein „ *Bel Esprit* " zu sein, wofür sie von Natur aus fast ebenso wenig geeignet war; und um die Fabel von Achilles, der sich in weiblicher Kleidung kleidete, umzukehren, legte sie eine Rüstung an , die sie nicht tragen konnte, und griff nach Waffen, die sie nicht führen konnte. Und als sie „mit all ihrem Streben" nach Wissen suchte, nicht um ihr eigenes Glück zu fördern, sondern um das Glück anderer zu schmälern, indem sie deren Selbstliebe in den erwarteten Triumphen ihrer eigenen abtötete, führte ihre absurde Eitelkeit dazu, dass sie sie deformierte Ihr Geist war ebenso sehr von der Kunst durch unangebrachte und unhöfliche Auswüchse der Pedanterie geprägt, wie ihre Person von dem unglücklichen Zusatz, den sie von der Natur erhalten hatte: Aber während sie das eine mit größter Sorgfalt zu verbergen suchte, bemühte sie sich ebenso unaufhörlich, das andere zur Schau zu stellen ; Damit ähnelt er dem verliebten Wesen, das seinen Mitsterblichen zunächst ein abscheuliches Reptil oder ein wertloses Unkraut zur Verehrung bereithielt.

Fräulein Cecilia Webberly hatte von Gesicht und Körper her Anspruch auf die Bezeichnung „vorzügliches, lebhaftes Mädchen", wenn dafür eine Masse aus Fleisch und Blut von erlesener Farbe genügen könnte; aber obwohl zu den Lilien und Rosen in den vollkommensten Farbtönen noch feine blaue Augen und wunderschönes flachsblondes Haar hinzukamen, war ihr Gesichtsausdruck weder gutmütig noch fröhlich, sondern zeugte von überheblicher Selbstgefälligkeit. Sie hatte die *Vorzüge* eines Londoner Internats genossen und sich durch deren Einfluss genügend Französisch angeeignet, um die Geschichten von Marmontel zu lesen , der unter einer seltsamen Fehlbezeichnung „ *Contes moraux* " hieß und zu Gunsten des Aufstands dorthin ging Generation würden wir demütig dazu raten, in jeder zukünftigen Ausgabe eine Silbe voranzustellen. Aus diesen Geschichten lernte sie, sentimental zu sein, und bildete sich ein, die Heldin von „ *Le mari Sylph* ", „ *L'heureux Divorce* " usw. zu sein.

Darüber hinaus hatte man der schönen Cecilia hier beigebracht, ihre schweren Finger mit beträchtlicher Schnelligkeit über die Tasten eines Pianoforte zu bewegen und ihre kräftigen Lungen in Vauxhall-Liedern zu trainieren.

Tonarten zu karikieren, die sie nicht nachahmen *konnte*. Das immer nach oben gerichtete Auge muss durch die Helligkeit einer Sphäre geblendet werden, für die es nicht geschaffen ist; und Cecilia Webberly war so geblendet von den Berichten, die sie in den Tagesblättern und in La Belle Assemblée las, über „große Herren und Damen, die an fröhlichen Tagen gekleidet waren", dass sie mit souveräner Verachtung auf die Bewohner von Bloomsbury Square blickte, ihre Mutter und Schwester inklusive, die ihre Flüge dennoch ermutigte und nachahmte und sich schmeichelte, dass ihre Exzentrizitäten sie und sie als ihre Begleiter in Regionen der Pracht tragen würden, obwohl sie in Wahrheit nur so dem „grellen Auge des Tages" vor Augen geführt wurden Seien Sie der Verachtung und dem Spott ihrer aufgeregten Torheit ausgesetzt.

Ein paar Tage nach dem Ausflug von Mrs. Martin und ihren Freunden nach Webberly House, als sie eines schönen Morgens an ihrem Wohnzimmerfenster stand, fuhr Mrs. Sullivans schneidige Equipage vorbei, und ihr unwillkürlicher Ausruf fiel plötzlich und für ihre ungeübten Augen auf Das erschreckende Anhalten der vier Pferde, die eine Sekunde zuvor in höchster Geschwindigkeit waren, verwandelte sich in einen Ausdruck der Freude, als sie sah, wie Fräulein Wildenheim allein vor Mr. Slaters Laden ausstieg und die auffällige Kutsche, aus der sie stieg, davonfuhr die Tür war gut verschlossen; denn Mrs. Sullivan und ihre Töchter ließen sich nie herab, *den Laden* zu betreten, wie er im Dorf Deane zum Zeichen der Vorrangstellung genannt wurde. Der große Friedrich hat weise bemerkt, dass „ *die Sitte* Narren anstelle der *Vernunft führt* "; und sie waren sich klugerweise darüber einig, dass „noch nie eine Modedame in einem Geschäft außerhalb der Bond Street gesehen wurde"; Da sie aber aus vielen Gründen immer bestrebt waren, Fräulein Wildenheim zur Ausführung ihrer Aufträge zu bewegen, achteten sie darauf, sie nicht über den Sozismus in der Etikette zu informieren, den sie auf diese Weise entdeckt hatten, damit ihre schüchterne und gewissenhafte Aufmerksamkeit für Anstand ihre Gutmütigkeit nicht überwältigen könnte. und ihnen den Nutzen ihres Geschmacks und Urteilsvermögens entziehen. Der Verkaufsort, den diese Damen so verachteten, war ein rustikales Pantheon- Physitechnicon, wo es Nahrung für den Geist zu kaufen gab, zumindest für diejenigen, die sich damit zufrieden gaben, „Müll zu jagen", und unzählige Artikel für den Gebrauch der Damen. Ein Teil des Tresens war mit Briefpapier aller Art, Schulbüchern, letzten Reden und Balladen bedeckt, außerdem mit ein paar verschiedenen Artikeln zum Lesen, wie Bunyans Pilgrim's Progress, The Seven Champions of Christendom und dem Methodistical Magazine, die darüber berichteten Mr. Goodman „zog sich im Glauben an", nicht „die Rüstung des Herrn", sondern ein Paar „lederne Bequemlichkeiten", umgangssprachlich *Kniehosen genannt*. Der Rest der Theke zeigte durch Glasscheiben vergoldete Diademe und Tiaras *für* Bauerntöchter und jede Art von preisgünstiger Entstellung der

Person in Form einer Halskette oder eines Ohrrings sowie eine Vielzahl anderer gleichwertiger Artikel Dienstprogramm. Die Schubladen auf einer Seite der Theke enthielten Lebensmittel aller Art; auf der anderen Seite eine nicht minder vielfältige Auswahl an Kurzwaren und Modewaren, wobei letztere, wenn sie unverkäuflich sind, von Jahr zu Jahr geändert werden, um „der neuesten Londoner Mode" angepasst zu werden. Der Laden zeigte auch einen beträchtlichen Vorrat an Eisenwaren und Geschirr, von der unglasierten braunen Pfanne bis zur Teetasse mit Goldrand und dem bemalten Seemannsschwein – und rühmte sich schließlich einer köstlichen Umlaufbibliothek, die Bände präsentierte, die den hochgeschätzten Werken klassischer Berühmtheit ähnelten , hatte einen äußerst öligen Geruch .

Der Inhalt des Ladens war kaum weniger vielfältig als die Beschäftigungen seines Besitzers und seiner Familie. In einem Teil der zweiten Etage veranstaltete Miss Slater ihre „Akademie für junge Damen". Im anderen übte ihre Schwester das Amt der Mantua- und Korsettmacherin aus. Ihr Vater war Tapezierer, Bestatter und *Friseur* und somit *Politiker* der Gemeinde. Sein unentgeltliches Amt als Quidnunc hatte ihm vielleicht mehr Reichtum und Mäzenatentum eingebracht als alle seine anderen zusammengenommen, da er dabei nie einen direkten Angriff auf die Geldbörsen seiner Nachbarn verübt hatte, sondern indem er an jedem Markttag kostenlos Zeitungen und Amtsblätter las, Er versammelte alle Bauern der Umgebung in seinem Laden, die in der Regel unter den verschiedenen Inhalten etwas entdeckten, das sie dringend kaufen mussten, und folgte damit erfolgreich dem Plan des genialen Werbetreibenden von – Ein Paar Globen *für nichts!!!* ———mit einem Atlas, Preis fünf Guineen.

Bei den oben erwähnten Gelegenheiten war Herr Slater äußerst loyal und trug eine feuerrote Weste, die kaum mit seinem roten Gesicht mithalten konnte. – Als er zum ersten Mal Redner im Dorf wurde, hatte er sich aus Interessengründen bemüht, andere zu überzeugen, die ihm am Herzen lagen das hat er wirklich getan; und wie es gewöhnlich bei denen der Fall ist, die *übertreiben* , aber nicht *heuchlerisch* sind, fühlte er sich schließlich mehr, als ihm zugetraut wurde. – In den Verfahren der englischen Regierung dachte er nun wirklich, dass „was auch immer ist, richtig ist ." – Und Vielleicht ist es zu bedauern, dass dieser Glaube in seiner Klasse nicht allgemeiner verbreitet ist. – Analphabetische Politiker sind kaum weniger gefährlich als selbsternannte Ärzte – Es erfordert geschickte Männer, um den Körper physisch oder politisch zu behandeln. – Quacksalber schaden in beiden Fällen im Verhältnis zu ihrer Unwissenheit und daraus resultierenden Kühnheit; Es kann oft besser sein, eine Krankheit in der Verfassung des Staates oder des Einzelnen in Ruhe zu lassen, als das Risiko einzugehen, sie durch die Heilmittel der Verkäufer versteckter Gifte zu verschlimmern.

Mr. Slaters Fenster war immer mit einem Bulletin mit den Nachrichten des Tages geschmückt, das er selbst geschrieben hatte! und diese einzigartige Komposition widersetzte sich allen Regeln der Grammatik und Rechtschreibung; aber er hatte nichts von dem Stolz eines Autors und dankte dem Schulmeister des Dorfes ungeheuchelt für seine Korrekturen, obwohl man vielleicht manchmal sagen würde, dass die *Korrektur* die schlimmste von beiden war.

Der gute Mann vergnügte sich auch mit dem, was er „Kartierung" und „Zeichnung" nannte. Die wenigen freien Räume in seinen Ladenwänden waren mit Darstellungen der Thalaba der modernen Geschichte in den unterschiedlichsten traurigen Nöten überklebt; und er hatte das Gesicht Europas stärker verändert als dieser Erzbeschwörer selbst – denn um die Feldzüge des Herzogs von Wellington zu verdeutlichen, zeigte er eine Karte mit Portugal auf der falschen Seite Spaniens [3] ! Er versäumte es nicht, sich bei der Darstellung von *Handlungen* verschiedener Art ähnliche Freiheiten zu nehmen.

Man kann annehmen, dass ein so gefüllter Laden und ein so erfolgreicher Meister unablässig besucht würden. – In Wahrheit war „Der Laden" selten leer; und was mit Reden, Feilschen und dem unaufhörlichen Knarren des Packfadens auf seiner sich ständig drehenden Walze, mit Zwischenspielen des Brechens von Zucker und Hacken von Schinken, der Lärm an Markttagen war so ohrenbetäubend, dass der Turm von Babel als Schauplatz dienen konnte Emblem, aber dass dort nur eine Fähigkeit beeinträchtigt wurde, während hier drei der fünf Sinne gleichzeitig angegriffen wurden.

Als Fräulein Wildenheim eintrat, herrschte jedoch eine verhältnismäßige „Stille innerhalb der Mauern", denn im Laden befanden sich nur Mrs. Temple (Frau des Rektors) und ihr jüngster Sohn und ihre jüngste Tochter, die sie für einen Robinson neckten Crusoe, der andere, der um eine Puppe bittet; Doch beim Anblick ihrer „lieben, lieben Fräulein Wildenheim " vergaßen die kleinen Bittsteller ihre Bitten und warfen ihre Arme um ihren Hals, zum nicht geringen Schaden der Musselinrüschen, die ihr schneeweißes Weiß mit dem Zobelton ihrer anderen Kleidungsstücke kontrastierten Sie brachten ihre Wangen mit ihren Küssen zum Leuchten, während ihre freundliche Mutter ihr nicht weniger herzlich die Hand schüttelte.

Nach einem kleinen geselligen Gespräch begann Miss Wildenheim damit, den Zweck ihres Ladenbesuchs zu erfüllen, nämlich einen Roman für Miss Cecilia Webberly auszuwählen . – „Was suchen Sie dort, meine Liebe, mit so viel Beharrlichkeit? Irgendetwas ." wird für sie genügen", sagte Mrs. Temple. „Hier ist die zarte Not – die unschuldige Verführung." – „Ich fürchte, ihre Titel würden ihr bei der Suche nach Romantik helfen; glauben Sie das nicht? " Wäre schade? – Ich war auf der Suche nach Patronage oder Almeria." –

Der seltsame Ton, halb fremd, halb erbärmlich, in dem Adelaide das Wort „Mitleid" aussprach, verband sich mit dem Lächerlichen, aber genau der Parallele, nach der sie in nüchterner Traurigkeit unbewusst *gesucht* hatte Cecilia Webberly hatte eine so komische Wirkung auf Mrs. Temples lächerliche Nerven, dass sie in einen unkontrollierbaren Lachanfall ausbrach. Adelaide öffnete ihre Augenlider bis zum Äußersten und warf die schönen Kugeln, die sie verborgen hatten, auf Mrs. Temples Gesicht, mit einem Ausdruck gemischter Überraschung und Nachfrage. – „Ich dachte nur, mein liebes Mädchen (sie legte ihre Hand auf Miss Wildenheims Arm), es war eine Sünde, dass Sie Ihre Moral und Ihr *Pit-Tie auf so nutzlose Weise* verschwendeten : Glauben Sie mir, Miss Edgeworths Witz und Verstand würden bei einem Mädchen verloren gehen, das zu dumm ist, um das zu begreifen, und zu albern, um davon zu profitieren vom anderen: Wenn Miss Cecilia Webberly nur eine *Narrin wäre, würde ich Ihre lobenswerten* Bemühungen vielleicht unterstützen , aber –" „Still, still, meine liebe Frau Temple, hier sind Fremde." Als sich Mrs. Temple umdrehte, entdeckte sie Sir Henry Seymours Kutsche an der Tür. Es war ein Fahrzeug, das so altmodisch war wie der Besitzer, „der gute Sir Henry", und einen auffälligen Kontrast zum protzigen *Gefolge* der Familie Webberly bildete . Es wurde in gleichmäßigem, ruhigem Trab von vier schweren Rössern gezogen, die so grau waren wie ihr Fahrer, die auf einem Hammertuch saßen, das mit Fransen verziert war, die so zahlreich waren wie die auf dem Unterrock einer modernen Schönheit, und sorgfältig den scharfen Wendungen und dem Geschick des Wagenlenkens auswichen des Vierspänner-Clubs. In Sir Henry Seymours Wagen befand sich nur seine Schwägerin, Mrs. Galton, die von Mrs. Temple mit der ganzen Intimität der Freundschaft angesprochen wurde und eine Reihe von Fragen bezüglich Miss Seymour beantwortete, die mit echtem Interesse gestellt wurden.

Nachdem sie Mrs. Temple am darauffolgenden Donnerstag zu einer Dinnerparty im Saal eingeladen hatte, flüsterte Mrs. Galton: „Ich vermute, dass es sich bei diesem eleganten trauernden Mädchen um die interessante Ausländerin handelt, deren unerwartetes Erscheinen im Webberly House letzten November so viel Aufsehen erregte . " „Ja, das ist sie." Dieser Bitte wurde bald entsprochen; Als die Zeremonie vorüber war, wandte sich Mrs. Galton höflich an Adelaides Geschmack und besprach die Farben einiger Seidenstoffe, die sie als Besatz für das erste Kleid ihrer Nichte auswählte, das an ihrem folgenden Geburtstag ihre Herangehensweise an die Weiblichkeit markieren sollte ; denn in Sir Henry Seymours Familie blieb der Unterschied in der Kleidung zwischen sechzehn und fünfundvierzig bestehen: Selina hatte ihr weißes Kleid noch nicht abgelegt, und Mrs. Galton in ihrer eigenen Person war auch nicht bestrebt, die Zeit ihrer zweiten Kindheit zu verkürzen. Mrs. Martin und Lucy kamen nun in Begleitung von Mrs. Lucas herein, um den Damen, die sie eintreten sahen, ihre Komplimente zu machen, und wurden wie üblich von Mrs. Galton mit äußerster Höflichkeit empfangen; und da sie wusste, dass ein Besuch in Deane Hall ein Ereignis und eine Auszeichnung in den Annalen der Dorfgeschichte war, nahm sie sie in ihre Einladung für Donnerstag auf, die von ihnen freudig angenommen wurde. Nachdem Mrs. Sullivans Kutsche für Miss Wildenheim zurückgekehrt war , verabschiedete sie sich . Und nachdem Herr Mordaunt einige Geschäfte erledigt hatte, die ihm der würdige Baronet anvertraut hatte, betrat er den Laden und erinnerte Frau Galton daran, dass Sir Henry, wenn sie nicht nach Hause eilten, auf das Abendessen warten musste, und auf alles, was ihm bevorstand Bei viel größerem Interesse wäre Selina Seymour von ihrer Abendfahrt enttäuscht.

KAPITEL IV.

Jeder Blick, jede Bewegung erweckte eine neugeborene Anmut,
die ihre vergängliche Herrlichkeit über ihre Gestalt warf;
Bald eroberte ein noch schöneres Wunder den Ort,
verfolgt von einem Zauber, der noch schöner war als der letzte.

Lyttelton .

Mr. Mordaunt, der es unmöglich fand, Sir Henry Seymours erfahrenen Kutscher davon zu überzeugen, sein Amt als Wagenlenker niederzulegen oder auch nur bereitwillig einen Partner auf seinen Thron zuzulassen, war gezwungen, sich mit Mrs. Galtons Gespräch zu trösten, bis sie den Park von Deane betraten . Als die Kutsche schließlich die lange dunkle Allee hinaufbog, die zu dem prächtigen, wenn auch antiken Herrenhaus führte, erblickte sein entzücktes Auge Selina, wie sie ihren Vater stützte, während er „mit gemessenem Schritt und langsam" die breite, glatte Terrasse auf und ab ging , das sich entlang der Südfront des Hauses erstreckte und alle Schönheiten des reichen Tals unten beherrschte. Ihre zerbrechliche Gestalt und ihr fester, aber elastischer Schritt standen im Kontrast zu Sir Henrys schwankendem, schwachem Gang. Aber obwohl ihre funkelnden Augen Mrs. Galton und Augustus schon aus der Ferne freudig begrüßten, hielt sie doch mit der zärtlichen Fürsorge kindlicher Liebe die eiligen Schritte ihres Vaters zurück, bis Augustus sie von ihrer Obhut befreite; Dann flog sie leicht wie ein Zephyr, der die Blume, über die er fliegt, kaum beugt, zu Mrs. Galton und hatte bereits alle ihre Einkäufe gesehen, wenn nicht sogar untersucht, rekapitulierte ihre verschiedenen Beschäftigungen während ihrer dreistündigen Abwesenheit und machte Mrs. Galton wiederholte zweimal alle Einzelheiten, an die sie sich erinnerte, über die „liebe Mrs. Temple" und Miss Wildenheim , bevor Augustus Sir Henry zur Flurtür geführt oder auf mehr als die Hälfte seiner Fragen über „den Mietvertrag des armen Brown und die ..." geantwortet hatte Vorkehrungen, die für seine Frau und seine Kinder getroffen wurden.

Selina Seymour war fast siebzehn; ihre Person

„Schön wie die Formen, die, im Webstuhl der Fantasie gewebt,
in heller Vision um den Kopf des Dichters schweben;"

und ihr Geist war so gebildet, wie man es unter den besonderen Umständen ihrer Situation erwarten konnte; denn sie hatte ganz auf dem Land gelebt und hatte noch nie die Gelegenheit gehabt, jene brillante Kunstfertigkeit zu erlangen, mit der so viele unserer modernen Modemädchen mit den Malern, den Tänzern, den Sängern usw. konkurrieren die Spieler auf Musikinstrumenten, die nur von der Ausübung ihrer Talente in diesen verschiedenen Sparten leben. Was gemeinhin *Errungenschaften genannt wird* , wusste sie vergleichsweise nicht. Sie wusste wenig oder gar nichts von ausgefallenen Werken – hatte nie Paravents hergestellt – konnte weder Walzer tanzen noch auf dem Flageolett spielen – noch konnte sie das Tamburin in all den verschiedenen Haltungen schlagen, die die Kapelle des Herzogs von York jungen Damen übte und beibrachte – aber mit mehreren Sie beherrschte die modernen Sprachen gut und hatte das Zeichnen von Mrs. Galton gelernt, die sich besonders in der Miniaturmalerei auszeichnete und ihr ganzes Wissen gerne an ihr Adoptivkind weitergab. Selinas Lieblingsbeschäftigung war jedoch die Musik , in der sie schon früh ein ausgesprochenes Genie entdeckte. Ein alter blinder Organist aus der Stadt … besuchte sie gewöhnlich drei Monate lang jeden Sommer und brachte ihr sicherlich gut den einzigen Teil der Kunst bei, den er verstand, nämlich den Generalbass – aber von der Seele der Musik war er arm Mann, hatte keine Ahnung; dafür war sie allein ihrer eigenen Gefühlsintensität zu verdanken; und welche Kunstfertigkeit sie auch besaß, sie hatte sie sich durch die unermüdliche Übung solcher Lektionen von Händel, Corelli, Scarlatti und Bach angeeignet, wie sie die alte Musiktruhe ihres Vaters bot; denn Sir Henry hatte seiner Sammlung seit dem Tod ihrer Mutter Lady Seymour keinen neuen Touch verliehen, und er hielt es auch nicht für möglich, dass seit dieser Zeit eine Verbesserung in der Kompositionskunst stattgefunden hätte. Hätte er Selina einige von Mozarts bewundernswerten Melodien spielen gehört, wäre er vielleicht dazu veranlasst worden, ihre Verdienste anzuerkennen, da er im Allgemeinen der Meinung war, dass alles, was sie tat, Perfektion war; obwohl er sich nie in ihre Erziehung einmischte – die Sorge dafür war seit dem Verlust ihrer Mutter Mrs. Galton und dem hervorragenden Pfarrer der Gemeinde, Mr. Temple, anvertraut worden, der Sir Henry Seymours Mündel unterrichtet hatte , Augustus Mordaunt. Mit ihnen nahm Selina oft an Studien teil, die ernster waren als die, die normalerweise ihrem Alter und Geschlecht angemessen waren. Und vielleicht passte der besondere Stil ihrer Erziehung am besten zu ihrer Veranlagung. Sie besaß von Natur aus eine ungewöhnliche Lebhaftigkeit. „Ihre Wange war noch nicht von einer Träne entweiht“, und ihre heitere Stimmung war noch nie von jenen gefühllosen Verboten und Zwängen getrübt worden, die sich „wie ein Wurm in der Knospe“ von der sich öffnenden Blüte ernähren und die glücklichste Jahreszeit gestalten unseres Lebens in Tage langwieriger Buße. Zu ihrem elastischen Geist und ihrer brillanten Vorstellungskraft, die ohne eine ungewöhnliche Überlegenheit an Talent in Frivolität des Geistes hätte verkommen können, bildete diese ruhige und fast männliche Bildung ein bewundernswertes Gegengewicht. Doch war ihr natürlicher Charakter so flexibel, dass Mrs. Galton selbst dieses Gegenmittel kaum für ausreichend hielt; und sah mit zitternder Sorge der Zeit entgegen, in der sie in die Gesellschaft eingeführt werden würde, da sie wusste, wie wahrscheinlich es war, dass ihre Fantasie und sogar ihr Herz ernsthaft beeinträchtigt werden würden, lange bevor ihr Verstand oder ihr Verstand in Aktion traten.

Selina war das einzige von Sir Henry Seymours Kindern, das ihre Mutter überlebt hatte; Auf sie konzentrierten sich alle seine Hoffnungen und fast alle seine Zuneigungen. Ihre Lebhaftigkeit amüsierte ihn, und ihre Talente befriedigten ihn. Aber er war nicht in der Lage, ihren Charakter richtig zu würdigen oder zu begreifen; Er hatte sie so lange für ein bloßes Kind gehalten, dass es ihm nie in den Sinn kam, dass sie nun auf jenen ereignisreichen Lebensabschnitt zusteuerte, in dem von der Diskretion und Zuneigung der Eltern mehr verlangt wurde als die bloße Duldung harmloser Lebhaftigkeit. Gewiss kam ihm manchmal der Gedanke, dass sie heiraten könnte, doch im Allgemeinen verdrängte er die Idee so schnell aus seinem Kopf, wie sie aufgekommen war; denn es war immer von einem schmerzlichen Gefühl begleitet, das in Wahrheit aus der Angst entstand, ihre entzückende Gesellschaft zu verlieren; aber er analysierte dieses Gefühl nie und wiederholte sich immer wieder, dass sie noch ein Kind sei, und kam durch seine übliche Überlegung zu dem Schluss, dass „es keinen Sinn hatte, darüber nachzudenken; denn wenn es passieren sollte, konnte er nicht anders." Es."

Daher rechnete er mit leidenschaftlicher Sicherheit nicht damit, dass es gefährlich werden würde, seiner Tochter den Umgang mit Augustus Mordaunt zu gestatten. Sie waren als Kinder zusammen aufgewachsen, und ihr Umgang miteinander war so hemmungslos, so frei von all diesen künstlichen Vorsichtsmaßnahmen, dass sie durch eine vorzeitige Verteidigung zunächst die Unschuld der Gefahr erkennen ließen, dass selbst klügere Köpfe als der arme Sir Henry es hätten glauben können , wie Selina wirklich tat, dass zwischen ihnen nur die Zuneigung von Bruder und Schwester bestand: Es stimmt, dass Mrs. Galton und Mr. Temple manchmal gemeinsam über die Möglichkeit ihrer zukünftigen Verbindung sprachen; und es schien beiden so wünschenswert und so sicher, Sir Henrys Zustimmung zu erhalten, dass sie sie ihrem Schicksal überließen und kaum wünschten, dass irgendein Umstand eintreten würde, der eine gegenseitige Bindung verhindern könnte.

Augustus war Neffe des Grafen von Osselstone und Erbe seines Titels. Sein Vater, der starb, als er vier Jahre alt war, hatte ihn der Vormundschaft von Sir Henry überlassen; und der Junge war im Jahr vor Selinas Geburt nach Deane Hall gebracht worden, wo er seitdem ständig wohnte, außer während der Zeit, die er in Eton und Oxford verbrachte. Sir Henry empfand für ihn eine fast väterliche Zuneigung; es wurde auch nicht zurückgegeben oder unwürdig verliehen. Das Wesen des Augustus war von Natur aus äußerst wohlwollend und glühend. Selbst im unbedeutendsten Streben nach Wissen oder Vergnügen zeigte sich die Leidenschaft seines Charakters; und wo einmal die Empfänglichkeit seines Herzens hervorgerufen wurde, waren seine Gefühle nicht leicht zu unterdrücken, auch wenn der Ausdruck unterdrückt werden konnte.

Mr. Temple nutzte das Beispiel, das das Schicksal von Mordaunts Eltern gegeben hatte, und bemühte sich schon früh , seine Leidenschaften unter die Kontrolle der Vernunft zu bringen. Es gelang ihm, sie zu regulieren, obwohl sie nicht ausgelöscht werden sollten; Und obwohl Augustus sich schon früh die Gewohnheit aneignete, sich selbst zu beherrschen, drückte sich doch die natürliche Lebhaftigkeit seines Charakters in jedem Blick seines intelligenten Gesichtsausdrucks aus, der dazu diente, jedes flüchtige Gefühl darzustellen, das aufkam, während sein dunkles, ausdrucksstarkes Auge in das Innere einzudringen schien in den innersten Gedanken anderer zu leben und nach einem Geist zu suchen, der seinem eigenen entspricht. Seine Figur zeichnete sich nicht weniger durch Eleganz als durch Stärke aus; und er zeichnete sich besonders durch all jene männlichen Übungen und Leistungen aus, bei denen Anmut oder Aktivität erforderlich sind. Er hatte, teils aus der Natur, teils aus der Erziehung, so hohe und fast ritterliche Prinzipienvorstellungen abgeleitet, dass selbst als Junge keine Versuchung ihn hätte bewegen können, auch nur die geringste Belastung seiner Ehre zu verdienen oder sich ihr zu unterwerfen ; und als er sich dem Mannesalter näherte, hatte ihm diese Eifersucht auf den Charakter den Ruf des Stolzes verschafft, was sein würdevolles Benehmen und Aussehen in gewissem Maße untermauerte. – Obwohl seine Ansprache gegenüber seinen Untergebenen immer freundlich war, gegenüber Fremden seines eigenen Ranges im Leben er war im Allgemeinen zurückhaltend: Er wurde daher nicht immer verstanden; und diejenigen, die nicht in der Lage waren, seine besonderen Verdienste vollständig zu begreifen, führten diesen scheinbaren Hochmut, der die aufdringliche Vertrautheit abstieß, häufig weniger auf die Überlegenheit seines individuellen Charakters als vielmehr auf die zufälligen Umstände seiner hohen Herkunft und seiner hohen Erwartungen zurück.

Er hatte schon früh eine starke Vorliebe für die Armee gezeigt, aber er konnte Sir Henry nie davon überzeugen, seinem Eintritt in diesen Beruf zuzustimmen; und da zwischen seinem Onkel und seinem Vormund eine Kühle herrschte, war noch nichts anderes für ihn beschlossen worden. Auch wenn die Auswahl von Sir Henrys Ratschlägen oder Bemühungen abhängen würde, würde die Auswahl wahrscheinlich nicht bald getroffen werden; denn der Charakter des Baronets war gewohnheitsmäßig so träge, dass er sich mit Gefühlen grenzenlosen Wohlwollens gegenüber der ganzen Menschheit zufrieden gab, es sei denn, dass die natürliche Güte seiner Gesinnung durch einen zufälligen Umstand besonders hervorgerufen wurde, ohne auch nur einen einzigen Versuch zu unternehmen, dies zu fördern Wohlergehen eines jeden Einzelnen. Dennoch war er ein liebevoller Vater, ein nachsichtiger Vermieter, ein gastfreundlicher Nachbar , ein freundlicher Freund und als solcher allseits beliebt und respektiert. In seiner Einrichtung in Deane Hall wurde die alte englische Gastfreundschaft in vollem Umfang beibehalten; und die Regelmäßigkeit dieser Einrichtung war mit einer solchen Gleichmäßigkeit der Beschäftigung verbunden, dass sie fast einer Monotonie des Lebens gleichkam. Die Verantwortung für die Leitung seines Haushalts und die Bedienung seiner Tafel überließ er ganz Mrs. Galton, der Schwester der verstorbenen Lady Seymour. Sie wurde jedoch nur aus Höflichkeit „Herrin" genannt, denn obwohl sie „immer noch in den nüchternen Reizen einer reifen Frau" steckte und gerade „am Rande des Verfalls" war, war sie noch unverheiratet. In ihrer Jugend war diese Dame ebenso schön wie liebenswürdig gewesen, und da sie über ein großes Vermögen verfügte, hatte sie viele Verehrer: Einem von ihnen, einem Mr. Montague, hatte sie ihre Zuneigung geschenkt und war im Begriff, ihn zu heiraten , als sie entdeckte, dass er ein eingefleischter Spieler war, der an Vermögen, Moral und Charakter ruiniert war und natürlich ihrer Achtung nicht würdig war; Und obwohl ihr gesunder Menschenverstand es ihr ermöglichte, sich rechtzeitig von dem Elend zu erholen, das ihr diese Entdeckung bereitete, ließ sie sich später nie dazu bewegen, eine andere Wahl zu treffen. Kurz nachdem sie ihn abgelehnt hatte, heiratete Mr. Montague eine Miss Mortimer, die ebenso verdorben war wie er selbst, und verlor sein Leben in einem Duell mit einem seiner ausschweifenden Kameraden. Mrs. Galton hatte seit dem Tod ihrer Schwester in Deane Hall gewohnt; und Selina nahm bald den Platz ihrer Tochter in ihrem liebevollen Herzen ein. Da dieses Herz so tief verwundet war, hatte sie sich eifrig der Kultivierung ihres Verständnisses zugewandt; und indem sie sich bemühte , ihre eigenen Vollkommenheiten in Selinas geschmeidigen Geist einzupflanzen, bewahrte sie ihren eigenen Frieden, indem sie ihn den zersetzenden Erinnerungen entzog, die ihn mit irreparablem Schaden bedroht hatten.

Endlich war der Tag gekommen, der für den jährlichen Besuch von Mrs. Sullivan und ihrer Gesellschaft in Deane Hall festgelegt war; denn man kann leicht annehmen, dass dort, wo eine solche Unähnlichkeit im Charakter und in der Verfolgung bestand, kaum Verkehr aufrechterhalten würde. Mindestens eine Stunde nach der festgesetzten Zeit verkündete das laute und gebieterische Klopfen ihres Londoner Lakaien ihre Ankunft; Aber ihre Begrüßung durch die gesamte versammelte Gruppe in Deane war viel weniger herzlich, als es sonst der Fall gewesen wäre, da sie ohne Miss Wildenheim kamen .

Als Mrs. Sullivan den Raum betrat, zeigte sie eine niedrige, fette, vulgäre Gestalt, gekleidet in allen für die modische *Trauerkleidung zulässigen Schattierungen* . Ihr Gewand war von einem *dezenten* Grau, das einem Himmelblau so nahe wie möglich kam, mit schwarzen und scharlachroten Akzenten und reich verziert mit künstlichen Blumen. Auf ihrem Kopf wehte ein Federbusch aus weißen Straußenfedern, die in ihrer bescheidenen Farbe und luftigen Form einen perfekten Kontrast zu ihren zarten Wangen und ihrer rundlichen Gestalt bildeten.

Ihre unten gedrahteten Unterröcke hielten den weiten Kreis ununterbrochen, dessen Durchmesser ihre Breite von Hüfte zu Hüfte bildete. Ihr schlurfender Gang brachte all ihre Pracht von Kopf bis Fuß in Bewegung; und Selina kam nicht umhin zu denken, dass sie, „wenn sie ihr nur eine *kleine Drehung* geben könnte ", das, was in ihren Mädchenstücken *Käse genannt wurde, perfekt machen würde* . Mrs. Sullivan wurde von ihren beiden älteren Töchtern gefolgt – Miss Webberly , beladen mit allen überflüssigen Verzierungen moderner Kostüme, die dazu dienen könnten, ihre natürliche Missbildung zu verbergen, und ihre Schwester, die ebenfalls im entgegengesetzten Extrem der kapriziösen Mode gekleidet war eifrig darauf bedacht, alle ihre Reize unverhüllt zur Schau zu stellen . Bald darauf vervollständigte der Eintritt der übrigen Gäste den Kreis, und die Gesellschaft teilte sich unmerklich in kleine Gruppen auf. Mrs. Galton befand sich zwischen ihren beiden engen Freunden, Mr. und Mrs. Temple, und drückte ihnen ihr aufrichtiges Bedauern darüber aus, dass sie es nicht getan hatten Als er Miss Wildenheim sah , für die sich Mrs. Sullivan unbeholfen entschuldigt hatte.

„Was für ein wunderschöner Gesichtsausdruck sie hat", sagte Augustus Mordaunt, der daneben stand: „ganz der griechische Kopf." „Ich schaue mehr ins Innere des Kopfes", antwortete Mr. Temple, „und finde es genauso bewundernswert wie Sie von außen." „Sie bewundern Ihren jungen Liebling immer so herzlich , dass ich wirklich ziemlich eifersüchtig bin", sagte seine liebenswürdige Frau mit einem Blick, der ihre Liebe und ihren Stolz für den Sprecher und ihre Wertschätzung für den Gegenstand, von dem gesprochen wurde, zum Ausdruck brachte . „Ich bewundere sie tatsächlich; nein, so jung sie auch ist, ich verehre sie", fuhr Mr. Temple fort.

„Und wie kam es, dass du so viel über sie wusstest?" fragte Frau Galton; „Denn sie wurde sorgfältig vom Rest der Nachbarschaft abgeschirmt ."

„Ich wurde letzten Winter während ihrer gefährlichen Krankheit zu ihr in mein Pfarrbüro gerufen; und da ich guten Grund zu der Annahme hatte, dass ihr Kissen von keiner freundlichen Hand geglättet wurde, tat sie mir aufrichtig leid; und als wir hörten, dass sie sich erholte, Wir besuchten sie beide häufig und konnten Mrs. Sullivan ohne große Schwierigkeiten dazu überreden, ihr zu erlauben, zum Luftwechsel ins Pfarrhaus zu kommen, wo meine schlechtmütige Frau sie sechs Wochen lang pflegte. „Ich denke", sagte Mrs. Temple, „man lernt einen Menschen in einem Invaliditätszustand besser kennen als in jedem anderen; die Art der Verantwortung, die die Gesunden für die Kranken auf sich nehmen, berechtigt sie, einen Großteil der Formalität aufzugeben." des gemeinsamen Verkehrs." „Du hast recht, mein Lieber; und das Wesen, das sich in stündlicher Ungewissheit über seinen Aufenthalt hier befindet, ist bestrebt, sich von seinen Mitmenschen zu trennen, nicht nur in Frieden, sondern auch in Liebe; und nimmt jede angebotene Freundlichkeit mit Dankbarkeit an. Beeindruckt davon „Fräulein Wildenheim hat uns erlaubt, ihre Gefühle kennenzulernen", fuhr Herr Temple fort, „Miss Wildenheim ließ uns Kenntnis von ihrem Gemüt erlangen, kein anderer Umstand hätte uns das verschaffen können . – Sie zu kennen und nicht zu bewundern, ist eine Unmöglichkeit!"

Mrs. Sullivan, die sich zurückgehalten hatte, um sich eine Bestandsaufnahme der Möbel einzuprägen und der ganzen Gesellschaft gleichzeitig zuzuhören, konnte ihre Geduld nicht länger bewahren oder ihre Empörung zurückhalten; und nachdem sie sich so weit gefasst hatte, dass Mr. und Mrs. Temple ihr reizendes Mündel lobten, rief sie mit unwillkürlicher Heftigkeit aus: „ Lauk ! Wie können Sie Miss Wildenheim mit ihrem blassen Teint und so einem Kniff bewundern?" „Entschuldigen Sie, Frau Sullivan", antwortete Frau Galton; „Als ich sie das einzige Mal traf, dachte ich, ihr Teint sei die schönste Brünette, die ich je gesehen habe: Aber vielleicht wurde ihre Farbe durch Sport verstärkt." „Und ihre Kutsche", entgegnete Frau Temple mit weniger Zeremoniell, „ist Gnade selbst!" „ *Et vera incessu Patuit Dea* [4] ", sagte der würdige Rektor zu Mordaunt, und da er Klatsch und Tratsch verabscheute, huschte er zum Fenster, um ihm einige Fragen zu seinen Studien in Oxford zu stellen liebt ein Mädchen, so gerade wie die Pappeln in Islington, mit einer schönen weißen Haut (wirft Cecilia einen triumphierenden Blick zu); Ich habe nie einen von ihnen gemocht , diese ausgefallenen Leute: Warum ist sie um alles in der Welt wie eine Zigeunerin? Mein armer, lieber Mr. Sullivan hätte seine Gipsverbände nicht zu mir und meinen Töchtern bringen müssen, die aus gutem Hause stammen ! – Wenn sie und meine Carline keine Schwestern wären, wären sie nie so abgelegen einander gern. Wenn Fräulein ihre leibliche Mutter wäre, könnte sie um ihres Vaters willen nicht mehr aus ihr machen, als sie es jetzt tut: und mein dummer kleiner Kerl hält diese französische Dame für eine Nicht-solche. Ich garantiere mir, dass ihre Ausbildung in fremden Gegenden, wo sie diesen duftenden Geschmack auf der Zunge hatte, einen hübschen Penny gekostet hat; Wie auch immer, sie ist schuldig, meinem kleinen Mädchen Französisch beizubringen; und da eine gute Wendung eine andere verdient, gebe ich mir große Mühe, sie zu lehren, ihre Worte nicht falsch einzusperren : Und würden Sie es glauben? sie sieht manchmal aus, als hätte sie Lust zu lachen;

Und dann schlägt sie ihre riesigen Augen nieder und färbt sich so rot wie ein Truthahn, alles aus Stolz! Aber ich bin fest entschlossen, dass sie Carlines Englisch nicht ruinieren wird; Ich werde das selbst ersetzen.

Da das Abendessen angekündigt war, konnten die weiblichen Zuhörerinnen von Mrs. Sullivan weder einen Kommentar noch eine Antwort abgeben, es sei denn durch ein „Alphabet der Blicke", dessen Bedeutung diese kluge Dame, wenn sie genug Schlauheit besessen hätte, um es zu entziffern, nicht sehr befriedigt hätte.

KAPITEL V.

Es war einmal, so heißt es in der Fabel,
eine Landmaus, sehr gastfreundlich,
empfing eine Stadtmaus an seinem Tisch,
so wie es ein Bauer mit einem Herrn tun würde.

PAPST.

Kaum war der Nachtisch auf dem Tisch gedeckt und die Diener hatten sich zurückgezogen, als ein Klappern von Pattens und ein lautes Gerede die Ankunft der Gäste aus Deane ankündigten. Mrs. Galton und Miss Seymour wollten unbedingt sofort in den Ruhestand gehen; aber Mrs. Sullivan war zu sehr damit beschäftigt, ihre Devoirs für einen schönen Pfirsich zu bezahlen und ihre zweite Tochter damit, die von Mr. Mordaunt zu monopolisieren, um dem Signal zu folgen; während Miss Webberly der Familie der „Gase" verleumderisch Affinitäten und Produkte zuschrieb, die noch nie zuvor angedeutet worden waren; und war so eifrig darauf bedacht, Mr. Temple durch eine Rede „ *Enflé de vent, vide de raison* " in Erstaunen zu versetzen, dass einige Minuten vergingen, bevor die *Rede* durchgeführt wurde. Sie erreichten jedoch den riesigen Kamin, der jetzt mit dem ganzen Stolz der Sommerblüte geschmückt war und die Mitte der altmodischen Halle markierte, bevor den Toiletten der neu angekommenen Gruppe die letzten Arbeiten anvertraut wurden. „Ich erkläre hiermit, dass sie alle kommen!" rief Frau Martin aus; „Lucy, meine Liebe, halte deinen Kopf hoch. Hier, steck dieses Taschentuch für die Nacht in deine Haube, während ich nur deine Schuhe und Strümpfe in deinen Spott schlüpfe." „Wie geht es Ihnen , Mrs. Galton? Vielen Dank , Ma'am, meine Lucy ist es gewohnt zu laufen – sie erkältet sich nie. Wir waren letztes Frühjahr zwei Jahre zweimal in Vauxhall. Nun ja, Miss Seymour, die Landluft stimmt damit überein Sie sehen sehr gut aus. Bitte, meine liebe Frau, sind das nicht Mrs. Sullivan und die beiden Miss Webberlys ? Sie scheinen sich nicht an mich zu erinnern. Ich werde einfach gehen und fragen, ob der Johannisbeerwein, den ich für sie gemacht habe ein Geschenk war gut oder nicht." Mit diesen Worten eilte die aktive Mrs. Martin zu Mrs. Sullivan, um mit ihrer üblichen Reihe von Fragen fortzufahren, ohne auf eine Antwort auf eine der Fragen zu warten, die sie bereits mit so ununterbrochener Redseligkeit gestellt hatte. Aber Mrs. Sullivans Wichtigtuerei ließ sich durch keinen plötzlichen Angriff aus der Fassung bringen. Zu diesem Zeitpunkt saß sie, oder besser gesagt, sie lag (denn Ausruhen konnte man es nicht nennen) auf dem ungepolsterten, mit Damast bezogenen Sofa mit hoher Lehne und hartem Boden, das seinen stolzen und alten Platz an der Seite noch nicht aufgegeben hatte Wand von Sir Henrys Wohnzimmer. Sie schenkte Mrs. Galtons Gespräch so viel Aufmerksamkeit, wie es wiederholtes Gähnen erlaubte, eine Aufmerksamkeit, die sich beim Eintreten von Mrs. Martin demonstrativ verdoppelte, während Mrs. Lucas auf der Kante eines unbeweglichen Sessels balancierte und eifrig ihr Einverständnis anbot einsilbig und lächelnd „he hem" am Ende jedes Satzes, den die beiden Damen äußerten, so widersprüchlich seine Bedeutung auch zur zuletzt geäußerten Meinung sein mochte.

Mrs. Temple hatte sich in der Zwischenzeit zu den jungen Leuten gesellt, die sich in einer der tiefen Nischen der Fenster zurückgezogen und in einer Gruppe versammelt hatten , durch jene unbeschreibliche Anziehungskraft, die in einer Ähnlichkeit des Alters zu finden ist, wie unterschiedlich die Charaktere oder Beschäftigungen auch sein mögen der verschiedenen Individuen sein kann. Einige wunderschöne Rosen, die eine alte Porzellanvase füllten und deren Farben kaum Konkurrenz machten , dienten als Gegenstand ihrer Unterhaltung. „Ich nehme an", sagte Miss Webberly , „Sie haben an diesem abgelegenen Ort, Miss Seymour, viel Zeit für das Studium der Botanik und der schönen Künste. Wie ich Sie beneide! Jetzt in der Stadt haben wir nie keine Zeit." für nichts." „Nein, in der Tat", antwortete Miss Seymour, „ich weiß nichts von Botanik, obwohl ich eine Freude an Blumen habe." „Versteh die Botanik nicht!" „In der Tat, meine Liebe Emily", unterbrach Miss Cecilia Webberly , „kein Mensch mit Geschmack mag diese Dinge jetzt, sie sind ziemlich out; in der Tat ist ‚Die Liebe der Pflanzen' ein entzückendes Buch, das immer beliebt sein wird. Ich „Ich habe es fast auswendig gelernt. Bewundern Sie es nicht, Miss Seymour?" „Ich habe es nie gelesen", antwortete Selina. „Und was liest du?" fuhr Cecilia fort; „Ich nehme an, dass Sie bei Slater's kaum jemals ein neues Buch bekommen?" „Ja, lassen Sie uns hören, was Sie studieren", sagte Miss Webberly in einem Ton, der an Verachtung grenzt. „Meine Beschäftigungen verdienen kaum den Namen Studium", antwortete Selina bescheiden. „Ich zeichne sehr gern und verbringe viel Zeit in diesem Beruf; aber alle Informationen, die ich aus Büchern erhalte, stammen hauptsächlich aus dem, was Augustus meiner Tante und mir vorliest, während mein Vater abends schläft." „Wie extatisch muss Ihre Kommunikation mit Mr. Temple sein, meine liebe Madam!" sagte Miss Webberly und wandte sich von Selina an Mrs. Temple; „Ihr muss das Fest der Vernunft und des Flusses der Seele sein. Erregt die pflanzliche Schöpfung jemals eure Aufmerksamkeit?" "Ja;" antwortete leise Frau Temple; „Aber Blumen kultiviere ich hauptsächlich für meine Bienen; sie sind, wie Sie wissen, meine zweite Kinderstube." „Und beten Sie, glauben Sie, dass Sie jemals unter der Aufnahme von Wasserstoff leiden, während Sie Gartenbau betreiben ?" „Um die Wahrheit zu sagen, meine liebe Miss Webberly , ich habe das Gefühl, dass ich Wasserstoff und Sauerstoff so wenig verstehe, dass ich nie darüber nachdenke." „Nichts ist einfacher ! Nichts ist einfacher, das versichere ich Ihnen! In der Stadt lernt jeder Mensch Chemie „Davy", sagt ich, „was ist der Unterschied zwischen Sauerstoff und Wasserstoff?" „Warum", sagt er, „das eine ist reiner Gin und das andere Gin und Wasser." Die arme Selina war ebenso wenig in der Lage, den wissenschaftlichen Jargon von Miss Webberly zu genießen, wie sie die fließendere Rede ihrer Schwester verstehen konnte. der bereits mit Miss Martin und Miss Lucas über den Inhalt von Slaters Bibliothek gesprochen und sie mit einer detaillierten Beschreibung der letzten Frühlingsmode verblüfft hatte. Die Ankunft des Tees und Kaffees war für sie daher keine unwillkommene Unterbrechung.

Doch kaum hatten die Beschäftigungen am Teetisch begonnen, als das Herannahen von Sir Henry Seymour aus dem Speisezimmer durch das schnell wiederholte Geräusch seines geknoteten Stocks angekündigt wurde, der mit seinen eiligen Schritten auf dem glatt polierten Boden des Speisesaals das gebührende Maß hielt die Halle, da sie den würdigen Baronet vor seinem schlüpfrigen Einfluss bewahrte. „Warum, Selina! Mrs. Galton! Selina!" rief er und öffnete hastig die Tür. „Wer ist da? Was ist da? Werden heute noch mehr gefragt? Habe ich jemanden vergessen? Gott segne meine Sterne!" "Was ist los?" riefen beide Damen gleichzeitig. "Gegenstand!" sagte Sir Henry, „warum es um eine Kutsche und vier Pferde geht und um einen Mann, der wie der Teufel die lange Allee entlang galoppiert? Gott verzeihe mir mein Fluchen. Nun, gewiss, dass ich nie an sie gedacht hätte! Wer kann das? Es ist so? Ich habe sicherlich einige meiner Nachbarn beleidigt ! Mein Gott!" Die Damen drängten sich mittlerweile an die Fenster, um den ungewöhnlichen Anblick zu sehen, mit Ausnahme von Miss Webberly , die vorgab, Abstand zu halten, obwohl sie nicht umhin konnte, über ihre Köpfe hinwegzuspähen, während sie auf Zehenspitzen stand. Im selben Moment stimmten alle Hunde der Familie in einen Begrüßungschor ein; und der Reiter, der in voller Fahrt ankam, sprang von seinem Pferd und zog mit einer Heftigkeit, die man selten zuvor gespürt hatte, an der Türklingel, was den armen Sir Henry so elektrisierte, dass er sich fast unbewusst mit unvorhergesehener Eile zum Schauplatz des Geschehens begab. „Ich sage, alter Quadratzehen", schrie der Fremde, „ist das Harry Seymours Schloss?" „Ja", antwortete sein gastfreundlicher Besitzer, während Erstaunen und Empörung ihn daran hinderten, es auszusprechen. „Ja, warum siehst du so seltsam aus wie das Gespenst des Schlosses ? Nun, schicken Sie jemanden zu meinem Pferd, denn hier sind mein Herr und meine Frau, und, sage ich, bestellen Sie Betten." Vielleicht hätte Sir Henry seinerseits seinen unerwarteten Besucher ebenso in Erstaunen versetzt, wenn nicht eine plötzliche Drehung der offenen Kutsche, als sie sich der Tür näherte, ihm die Gesichter von Lord und Lady Eltondale präsentiert hätte . „Na, Gad ist mein Leben! Guter Gott! Selina, hier ist deine Tante! Guter Gott! Na klar!" Der Name „Tante", ein Titel, der in Selinas liebevollem Herzen immer Gefühle der zärtlichsten

Dankbarkeit und Freude hervorrief, wirkte wie ein Talisman auf das schöne Mädchen und brachte sie im Nu an den Ort mit funkelnden Augen, glühenden Wangen, und Schritte von feenhafter Leichtigkeit; während Mrs. Galton, die *die Tante,* die sie treffen würde, besser kannte , auf sie zukam, um ihr einen nüchterneren, wenn auch nicht weniger höflichen Empfang zu bereiten.

Von der Seite der Kutsche neben der Tür stieg Lord Eltondale herab, mit so viel Aktivität, wie sein unhandlicher Körper zuließ, belastet durch einen riesigen, hochgezogenen Mantel, der, nach einer mäßigen Berechnung des spezifischen Gewichts gleicher Feststoffe, aller Wahrscheinlichkeit nach hätte das Gewicht des darin eingeschlossenen schweren Kadavers fast das Gewicht des Preisochsen seiner Lordschaft erreicht. Mit viel weniger Eifer bereitete sich seine schöne Gemahlin darauf vor, auszusteigen; Ein offener, in tausend Falten gehüllter Pelzmantel verbarg teilweise ihre doch schöne Figur, während eine riesige Londoner *Bauernhaube* mit dem Schein der Schlichtheit und dem echten Gepräge der Mode ihr Gesicht gleichermaßen verbarg. Während dieser Zeit drückte Lord Eltondale in keinem gedämpften Ton seine lebhafte Freude über die Begegnung mit Sir Henry aus, wobei er Mrs. Galton mit der Inbrunst einer Begrüßung beinahe die Handgelenke ausrenkte und der Schönen, die sich zurückzog, mit nicht weniger Eifer augenfällige Zeichen der Zufriedenheit hinterließ Wange seiner Nichte. Lady Eltondale hatte Zeit, nacheinander jedem Einzelnen ihre weiße Hand zu küssen, ihr Riechfläschchen und ihre Arbeitstasche der besonderen Obhut des Dieners zu übergeben, der ihnen vorangegangen war, und gemächlich mit scheinbarer, aber echter Schüchternheit aus dem Wagen zu steigen Angst, ihre Schals zu retten und ihren wohlgeformten Knöchel Mordaunt zu zeigen, der ihre schwankenden Schritte unterstützte.

„Ja, Gad ist mein Leben, ich freue mich, euch alle zu sehen, obwohl ich nie daran hätte denken sollen", rief Sir Henry aus, seine Perücke war fast so gedreht wie das Gehirn darunter. „Warum, Bell, was zum Teufel bringt dich hierher? – Kommst du hierher, um den Sommer zu verbringen, nicht wahr, mit dieser Kutsche voller Musikkisten? Nun, gewiss, daran zu denken, dass du wieder nach Deane Hall kommst! Aber ich kann nicht Erreichen Sie Ihren Mund, bis Sie die Trompete spielen, die Sie spielen. "Guter Gott!" rief Lady Eltondale mit einem unwillkürlichen Schaudern, erholte sich aber augenblicklich. „Ich freue mich sehr, mein lieber Bruder, Sie in so bezaubernder Stimmung zu finden. Wie geht es, Mrs. Galton? Ich erkläre, dass Sie jünger aussehen als je zuvor. Und Selina! Warum? „Kind, du bist fast so groß wie ich." Selinas erster Impuls war gewesen, sich in Lady Eltondales Arme zu werfen, in dem unschuldigen Glauben, dass eine „Tante" eine andere Mrs. Galton sei. Aber die ausgelassene *Gutmütigkeit* der Komplimente des Viscount und noch mehr die modische Frigidität von Lady Eltondales

Ansprache waren abstoßend für ihre Gefühle, und sie zog sich unbewusst in den Teil der Halle zurück, in den sich Mordaunt zurückgezogen hatte, während eine Träne auf ihrem langen Auge zitterte -Wimpern. „Sie ist überhaupt nicht wie Tante Mary", sagte Selina halb flüsternd, „ich bin sicher, dass ich sie nicht mögen werde." „Aber sie wird dich sicherlich mögen, Selina", antwortete Mordaunt. „Komm, du dummes Mädchen", fuhr er fort und nahm ihre Hand, „weißt du nicht, dass Tante Mary heute Morgen gesagt hat, du wärst fast alt genug dafür? ehrt sich selbst! Lassen Sie uns Ihren *Coup d'essai* sehen . In der Zwischenzeit führten Sir Henry und Mrs. Galton die Reisenden in den Salon und stellten ihnen die staunende Gesellschaft vor, die sie dort zurückgelassen hatten.

Lady Eltondale erwiderte ihre Grüße mit einer ausladenden Ehrfurcht, zwischen einer Verbeugung und einem Knicks, begleitet von einem ihrer faszinierendsten Lächeln; und ging bedächtig zum Kopfende des Zimmers: „Ich fürchte, meine liebe Frau Galton, wir haben Sie aus der Fassung gebracht – wir sind in einem unpassenden Moment angekommen", sagte Ihre Ladyschaft mit einer Stimme von sanfter Sanftheit; obwohl diese Halbentschuldigung von einem Blick durch den Saal begleitet war, der deutlich zeigte, dass die schöne Rednerin überzeugt war, dass ihre Ankunft eine *solche Gesellschaft* jederzeit aus der Fassung gebracht hätte . „Nun, Sir Henry", brüllte Lord Eltondale , „wie läuft es auf der Farm? Ich werde Ihr Rindfleisch bewundernswert probieren – ich bin verdammt hungrig." „ Hungrig! – Rindfleisch – Guter Gott! – Gott segne mein Herz, habe ich noch nicht gegessen? Jetzt hätte ich nie daran denken sollen! Warum, Selina! Mrs. Galton! Selina! Bestellen Sie doch etwas, das direkt zubereitet wird. Gott segne mich Herz – nicht gegessen! Warum ist es nach sieben Uhr! James! John! Ich sage, Wilson!" „Beten Sie, mein lieber Bruder", sagte die Viscountess und setzte sich, „machen Sie sich keine Sorgen; ein Pâttié , ein Maintenon, alles wird uns helfen." „Aye, aye, Sir Henry, geben Sie uns ein Rindersteak oder ein Hammelkotelett; alles reicht uns, wenn es nur genug ist." Lady Eltondales zerbrechliche Gestalt durchlief jene Art zarter Erschütterung zwischen einem Schauder des Entsetzens und einem Achselzucken der Verachtung, die ihr üblicher Kommentar zu den Reden ihres Herrn war; Ganz ruhig löste sie ihre Haube, warf sie in einiger Entfernung auf einen Stuhl und entdeckte eine kleine französische Mütze, unter der nicht ganz unbeabsichtigt eine glänzende Locke tiefschwarzen Haares hervorlugte . Dann schlüpfte sie nicht minder gemächlich unter ihrem seidenen Mantel hervor, aus dem der junge Webberly mit überheblicher Geschwindigkeit herbeiflog, um sie abzulösen, obwohl sie immer noch so viele Schals bei sich hatte, wie sie in verhaltensgemäßer Drapierung gut entsorgen konnte, ohne auf das allzu Offensichtliche Rücksicht zu nehmen Sie bildeten einen Kontrast zu der transparenten Sommerkleidung, die ihre einst perfekte Form beschattete, aber kaum verbarg. Mrs. Sullivans

Ungeduld, erkannt zu werden, erlaubte ihr nicht, zu warten, bis die langwierige Zeremonie des Entkleidens beendet war; Aber als sie feststellte, dass ihre Knickse, ihr Nicken, ihr Lächeln und ihr Flattern ihr noch nicht die Aufmerksamkeit verschafft hatten, die sie so ehrgeizig erreichen wollte, stieß sie ein hörbares „Hem!" aus. und wandte sich dann mit „ 'Pon" an Lady Eltondale Ehre , meine Dame, ich freue mich, Ihrer Ladyschaft etwas entgegenzusetzen. Eure Ladyschaft sieht verschwenderisch aus gut . Wie geht es diesem hübschen Geschöpf , dem Affen Eurer Ladyschaft? dass es ihr unmöglich war, den Blick sofort abzuwenden, und als sie ihr Glas ergriff, verharrte sie einige Augenblicke in völligem Schweigen und musterte die ihr gegenüberstehende groteske Gestalt, die sich beim Öffnen und Schließen eines Brillanten besonders vorteilhaft zeigte scharlachroter Fächer mit beschleunigter Bewegung. „Verzeihen Sie mir, meine liebe Frau – ich schäme mich sehr; aber in Wirklichkeit ist Ihr Name meiner Erinnerung entgangen : – Ihre Person würde ich für unmöglich vergessen halten." Die höfliche Neigung eines bewundernswert gedrehten Kopfes und Halses verbarg den Sarkasmus dieses zweideutigen Kompliments. „Natürlich, Mylady", fuhr der Befriedigte fort Mrs. Sullivan, „ die Damen aus der Stadt können unsere Wunschlisten nicht wie Fibeln aus dem Buch kriegen, er!" Er! Er! – Sulliwan , meine Dame, Sulliwan ist mein Name, und die beiden Mädchen dort sind meine Töchter, und dass dort –" „In der Tat, Mrs. Silly-one, Sie erweisen mir große Ehre ", unterbrach Ihre Ladyschaft. „Selina, Meine Liebe , ich möchte mit Ihnen reden . – Wie läuft es mit der *Musik* ? ein süßes Mädchen, das Lucy Nathin ist!" „Bruder, du musst La Fayette morgen die Haare dieses lieben Mädchens frisieren lassen; Diese Locken werden *hervorragend à la corbeille* gemacht sein ." „Ja, Mylady, ich stimme Ihnen voll und ganz zu, Mylady. Alle Miss-Seymour- Vanten sind ein wenig winselnd und warnend , wie wir Herzlichen sagen. Ihre Körper sollten abgeholzt werden, Mylady; und ihre Unterröcke sind zerschnitten, Mylady, und sie wäre eine ganz andere Vermutungsfigur, Mylady. Sechs Wochen in der Stadt würden ihr Haar und ihre Mähne völlig in Ordnung bringen; und was die Musik angeht, ist Pinsheette der Mann, der sie in Sachen Laster verbessern kann." „ Pucit -ta-aa, Mutter!" schrie Cecilia, „kannst du jemals den Namen dieses Mannes erfahren?"

Eine höchst günstige Einladung zum „Beefsteak" befreite Lady Eltondale von der Diskussion, die zwischen Mutter und Tochter gerade beginnen sollte. Sie erhob sich mit einer würdevollen Miene, die beide Kämpfer sofort zum Schweigen brachte; und während sie sich auf Sir Henrys angebotenen Arm stützte, zog sie Selinas Arm durch ihren eigenen, wandte sich an Mrs. Galton und sagte mit einem bezaubernden Lächeln: „Sie müssen diesen Hebe verschonen, um mein Mundschenk zu sein. Ich beneide Sie fast darum." hat sie so lange monopolisiert, trotz allem, was sie dadurch gewonnen hat. Mordaunt, der bisher abseits gestanden hatte, trat nun vor, um ihnen die Tür zu öffnen, und lächelte Selina vielsagend an, als sie vorbeikamen; während Webberly , der gerade noch genug Verstand hatte, um die Distanz in Lady Eltondales Verhalten zu erkennen, laut nach der Kutsche seiner Mutter rief. Der Rest der Gesellschaft, der bis dahin in stummer Verwunderung verharrt hatte, nahm den Hinweis freudig auf und begann mit der langwierigen Zeremonie des Knickses, des Guten-Nacht-Worts und des Einpackens; Es stand Mrs. Galton frei, die Ehre am zweiten Esstisch zu übernehmen, der fast bis zu der Stunde dauerte, in der sich der gute Baronet gewöhnlich zur Ruhe zurückzog.

KAPITEL VI.

Und all dein Witz – deine hervorragendste Kunst,
aber es macht uns traurig, dass du ein ehrliches Herz willst!

BRAUN .

Lady Eltondale war am Höhepunkt des Lebens angelangt und prahlte nicht
mehr mit den Reizen der Jugend: „ *Elle ne fut pas plus jolie ; mais .* " *elle fut toujours
belle* : „Und vielleicht waren der vollendete Schliff ihrer Manieren und die
gereifte Eleganz ihrer Person jetzt kaum weniger attraktiv als die Schönheit
ihrer früheren Tage: denn schön war sie einmal;

„Gnade war in all ihren Schritten – Himmel in ihren Augen, in all ihren
Gesten Würde:"

und wenn „Liebe" hätte hinzugefügt werden können, wäre sie fast fehlerlos
gewesen . – Aber eine kalte, selbstsüchtige Gesinnung machte das schöne
Versprechen zunichte; Es war „ein Frost, ein eisiger Frost", der jede Knospe
der Tugend verdorrte! Und doch war sie nicht absolut böse; man konnte ihr
kein *schlechtes Herz* vorwerfen ; man könnte eher sagen, dass sie überhaupt
kein Herz hatte. – Und zusammen mit allen anderen Voraussetzungen, um
einen weiblichen Charakter zur Vollkommenheit zu formen, neutralisierte
dieser eine Mangel alle großzügigen Gaben der Natur – ihre Talente waren,
wie die von Prometheus, pervertiert, und hat ihre eigene Seele ausgenutzt;
Während sie vergeblich versucht hatte, die schmerzende Leere, die das
völlige Fehlen aller namenlosen Wohltätigkeiten des Lebens hinterlassen
hatte, mit einer ruhelosen, endlosen Leidenschaft für Intrigen zu füllen,
entweder für sich selbst oder für andere. – Vielleicht hätte sie darüber
geschaudert dachte daran, absichtlich einen Plan zu schmieden, um das
Glück eines anderen zu untergraben; Dennoch waren die sophistischen
Kräfte ihres Geistes so groß, dass sie es selten versäumte, sich ernsthaft
davon zu überzeugen, dass welcher Plan auch immer, den sie ausführen
wollte, in Wirklichkeit der wünschenswerteste war, der umgesetzt werden
konnte – und mit dieser Überzeugung hatte sie es kaum geschafft Es war
schon einmal bekannt, dass sie ein Projekt, das sie einmal ins Leben gerufen
hatte, aufgab, und es gelang ihr nur selten, ihr Ziel durch Kunst oder
Beharrlichkeit zu erreichen.

Ihre Geschichte war sehr gewöhnlich: Ihr Vater starb, als sie noch jung war,
und hinterließ ihrer Mutter und sich selbst eine angenehme, wenn auch nicht

gerade prächtige Versorgung, da das gesamte Grundeigentum auf ihren Bruder, Sir Henry Seymour, überging, der viele Jahre älter war als sie Sie war.

Die Witwe Seymour, eine schwache Frau, aber nachsichtige Mutter, konnte von ihrer hübschen Tochter leicht dazu überredet werden, London als Wohnort zu wählen; und als Sir Henry heiratete, hörten ihre nie häufigen Besuche in Deane Hall ganz auf. In der Zwischenzeit nutzte Miss Seymour alle Möglichkeiten, die ihr neues Leben bot. Sie pflegte mit Eifer und Erfolg jede glänzende Leistung und wurde noch mehr bewundert, als ihre eigene Eitelkeit und die blinde Voreingenommenheit ihrer Mutter sie erwarten ließen. Ihre Ansprüche wuchsen im Verhältnis zu ihrem Erfolg; und einst glaubte sie, nichts Geringeres als eine herzogliche Krone könne die Ketten der Ehe haltbar machen. Doch schließlich, nach tausend Plänen und Spekulationen, nahm sie in einem Moment des Ärgers den Titel einer Viscountess an, was Lord Eltondale außer einer prächtigen vorübergehenden Einrichtung nichts anderes zu bieten hatte; da fast sein gesamter Besitz seinem Sohn aus einer früheren Ehe gehörte. Tatsächlich waren ihre Geschmäcker, Charaktere und Beschäftigungen so unterschiedlich, dass ihre Vereinigung ein siebentägiges Wunder war; und das hätte vielleicht nie stattgefunden, wenn nicht Miss Seymour bei der Verfolgung eines ganz anderen Plans Lord Eltondales Ansprachen zunächst unbedacht gefördert oder vielmehr provoziert hätte ; und er, der „gute , einfache Mann“, *hatte keine Zeit, den Grund für die schmeichelhafte Auswahl* darzulegen .

Lord Eltondale war einer dieser harmlosen, unauffälligen Sterblichen, die höchstwahrscheinlich unbemerkt und ungeweint zu seinem ursprünglichen Zustand zurückgekehrt wären, wenn ihm das Glück nicht in einer seiner größten Scherzlaunen eine Krone auf die Stirn gehängt und so den Cymon hineingezogen hätte Überwachung. Er verfügte weder über Talente noch über Kenntnisse und hielt „die harmlose Haltung seines Weges“ auf Augenhöhe zwischen Laster und Tugend.

Von Natur aus war er ein Feinschmecker und von Natur aus ein Bauer; Denn seltsamerweise ist unter den anderen Veränderungen, die dieses Jahrhundert hervorgebracht hat, nicht zuletzt der unersättliche Ehrgeiz unserer Landsleute bemerkenswert, nicht mit ihren Vorfahren, sondern mit ihren Kutschern und Pflügern zu konkurrieren. Aber selbst in der einzigen Wissenschaft, die Lord Eltondale zu verstehen vorgab, war sein Wissen nur oberflächlich: Es machte ihm Freude, das gesamte landwirtschaftliche Vokabular durchzugehen; könnte stundenlang von Dreschmaschinen und Bohrmaschinen und schottischen Pflügen und Buscheggen reden; vor allem, wenn er das Glück hatte, einen Prüfer zu treffen, dessen Kenntnisse in diesen Themen nicht über seine eigenen hinausgingen. Er war auch ein unnachahmlicher Kenner der besonderen Verdienste von Schafen und Ochsen, wenn sie in Rind- und Hammelfleisch umgewandelt wurden; aber von der wirklich nützlichen Landwirtschaft, dieser Kunst, die eine der stolzesten Prahlereien Englands ist, wusste er nur genug, um ihn zu imitieren das Aussehen eines Clowns und die Ernennung zum Ehrenmitglied verschiedener Bauerngesellschaften; was, abgesehen davon, dass es ihm verschiedene gute Abendessen bescherte, vor allem der Niedergeschlagenheit seines Gemüts entgegenkam, indem es ihm eine Ausrede lieferte: „ *De ne rien faire, en.* " *Heute faisant des riens* [5] .

Dies war der Partner, den die schöne Miss Seymour für ihr Leben wählte; und da der Tod ihrer Mutter und des einzigen Kindes, das sie jemals hatte, vor Ablauf des zweiten Jahres ihrer Ehe eintrat, blieb ihr jede Bindung, die sie an ein häusliches Leben binden konnte, zurück; während ihre eigene bewusste Überlegenheit gegenüber ihrem Herrn sie jeglicher Unterstützung durch ihn beraubte, die sie hätte leiten können, während sie auf der höchsten Welle der Mode schwamm.

Sir Henry Seymour war über den unerwarteten Besuch seiner Schwester und des Viscounts mindestens ebenso überrascht wie erfreut; aber er ahnte den Zweck nicht, bis Ihre Ladyschaft es ihm am nächsten Morgen selbst erklärte. Tatsächlich war das einzige Motiv, das stark genug gewesen sein konnte, um sie zu bewegen, auch nur für ein paar Stunden an einen Ort zurückzukehren, den sie so sehr verabscheute, das, was sie jetzt dorthin geführt hatte; nämlich ein ängstlicher Wunsch, eine Ehe zwischen Selina Seymour und ihrem Stiefsohn, Mr. Elton, voranzutreiben. Lady Eltondale war sich wohl bewusst, dass ihre Extravaganz und die Trägheit ihres Herrn bereits das gesamte Bargeld verschlungen hatten, das sie ursprünglich besessen hatten, und dass, wann immer das Eigentum in die Hände von Frederick Elton gelangte, kaum noch etwas übrig bleiben würde, wenn überhaupt etwas ihre Unterstützung, außer dem, was sie von seiner Großzügigkeit erhalten sollte; und deshalb hatte sie beschlossen, ihm eine der reichsten und schönsten Bräute zu sichern, die England zu bieten hatte, in der Überzeugung, dass sie dadurch nicht nur seine Großzügigkeit stärken, sondern auch ihre Ansprüche auf seine ewige Dankbarkeit begründen würde. Allerdings war sie sich nicht sicher, ob ein solcher Schritt das Glück Friedrichs sichern oder auch nur dessen Zustimmung finden würde. In diesem Punkt hatte Lady Eltondale , so seltsam es auch klingen mag, nur wenig Rücksicht genommen (das Eigeninteresse war für sie stets an erster Stelle), da dieser Plan sicherlich für sie selbst von Vorteil sein würde, beschloss sie, ihn als ebenso vorteilhaft für ihn zu betrachten. Kurz gesagt, sie war die Erste gewesen, die es vorgeschlagen hatte; Sie hatte lange darüber nachgedacht und sich schließlich dazu entschlossen: Nachdem sie sich so einen eigenen Entschluss gefasst hatte, würden die Schwierigkeiten, die bei der Umsetzung ihres Plans auftreten könnten, wenn überhaupt welche auftreten würden, sie nur umso besorgter um die Verwirklichung machen.

Eltondale hatte zunächst einige Schwierigkeiten, Sir Henry davon zu überzeugen, ihrem Vorschlag zuzustimmen; nicht, dass er sich auch nur einen Augenblick an die Grausamkeit erinnerte, die es mit sich brachte, die Hand seiner Tochter unwiderruflich zu ergreifen, bevor er sich überhaupt nach dem Stand ihrer Zuneigung erkundigte; oder dass er über die Gefahr nachdachte, eine so flüchtige Figur wie Selina der Vormundschaft eines jungen Mannes anzuvertrauen, mit dem sie beide völlig unbekannt waren. Sir Henry zögerte nur, weil er selbst nicht bereit war, sich von ihr zu trennen; denn er gehörte zu den verhängnisvoll parteiischen Eltern, die die Gesellschaft ihrer Töchter zu sehr schätzen und oft ihr Glück dieser selbstsüchtigen Rücksichtnahme opfern. Aber auf jeden Einwand, den er vorbringen konnte, hatte Lady Eltondale eine fadenscheinige Antwort parat: Sie erinnerte ihn daran, dass Mr. Elton sich damals im Ausland aufhielt und dass sich seine Rückkehr möglicherweise um einige Zeit verzögern könnte; beschäftigte sich mit der Exzellenz seines Charakters; und schließlich gelang es, mehr durch Beharrlichkeit als durch Argumentation, Sir Henrys Versprechen zu erhalten, dass er ihrer Hochzeit zustimmen würde, sobald Friedrich vom Kontinent zurückgekehrt wäre. Lady Eltondale verstand sehr gut, dass Magie die Macht ist, die ein starker Geist über einen schwächeren ausübt; und hatte an allen Quellen des armen Sir Henry so gut gearbeitet, dass er das erforderliche Versprechen so ausdrücklich gab, wie sie es verlangte; denn sie war sich wohl bewusst, dass, wenn sie ihn einmal dazu überreden würde, ein solches Versprechen zu geben, nicht einmal seine Rücksichtnahme auf Mrs. Galtons Meinung ihn dazu bewegen würde, es zu brechen. Aber da Lady Eltondale eine gewisse Ahnung von der Tendenz dieser Meinung hatte, wollte sie sich die Mühe ersparen, dagegen anzukämpfen; und überredete daher ihren Bruder, dies während des kurzen Rests ihres Aufenthaltes in der Halle nicht zu erwähnen, unter dem Vorwand , „die Gefühle ihrer lieben Selina" zu schonen; und da er aus vielen Gründen nicht abgeneigt war, das Thema aus seinen Gedanken zu verbannen, stimmte er dem erforderlichen Schweigen zu.

Der Abend dieses Tages, der Selinas Schicksal besiegelte, verging ohne besondere Umstände, die seinen Verlauf markierten, außer dass Lady Eltondale , wenn möglich, sogar attraktiver als je zuvor war. Sie verfügte hervorragend über jene „Gefälligkeit, die sich die Ideen anderer zu eigen macht; und über all diese Höflichkeit, kurz gesagt, die vielleicht nicht die Tugend an sich ist, aber manchmal ihre fesselnde Ähnlichkeit darstellt, die der Selbstliebe Gesetze gibt und Stolz ermöglicht." jeden Augenblick an der Seite des Stolzes zu verbringen, ohne zu beleidigen. Sie pflegte diese Kunst täglich allen ihren Gefährten gegenüber anzuwenden; Aber Mrs. Galton zu täuschen oder ihr zu schmeicheln, war für Lady Eltondale immer eine Aufgabe von nicht geringer Schwierigkeit. Ihre Durchdringung und ihre Bescheidenheit waren beide zu groß, als dass man ihnen leicht entgehen könnte; und ihr Charakter bestand aus so zarten Farbtönen, die unmerklich zu einem so bewundernswerten Ganzen verschmolzen, dass die Hervorhebung nur eines Teils diese Einheit, die seine Vollkommenheit ausmachte, zu zerstören schien. Außerdem war Mrs. Galton in allem, was sie sagte, dachte und tat, so ehrlich, so einfach, dass sie durch ihre eigene Reinheit geheiligt zu sein schien: und obwohl die kunstvolle Viscountess nicht die ganze Schönheit eines solchen Geistes spüren konnte, ist es doch so Die Größe, so schmucklos sie auch war, beeindruckte sie mit einer so ungewöhnlichen Ehrfurcht, dass das Gefühl des Fremden in Abscheu und Misstrauen ausartete. Doch selbst ihr gegenüber war ihr Verhalten in dieser ereignisreichen Nacht äußerst gefällig – gegenüber Sir Henry war es liebevoll, gegenüber Selina nachsichtig; und für Mordaunt verlieh ein Schleier gemäßigter Koketterie all ihren Worten, Blicken und Handlungen eine blendende Anziehungskraft. Im Verkehr mit ihm entschied sie sich dafür, alle Privilegien in Anspruch zu nehmen, die ihr aus ihrem Dienstalter erwachsen konnten; während der Zauber ihres Witzes, die Eleganz ihres Benehmens und die wahre Schönheit ihrer Person ihr eine gefährliche Macht über ein ungeübtes Herz verliehen, die der schlichte Charme einer unerfahrenen Jugend nicht zu nutzen wagte und kaum hätte besitzen können. Die unschuldigen Mitglieder des Kreises, den sie erfreute, waren sich kaum bewusst, dass ihre gesteigerte Lebhaftigkeit und ihr verbesserter Charme dem Glanz bewussten Stolzes entsprangen, während sie triumphierend über den Erfolg ihres Plans nachdachte; ein Plan, den sie, obwohl sie genug Scharfsinn besaß, um ihn zu entdecken, den schönsten Aussichten derjenigen zunichte machen würde, die sie am meisten zufriedenzustellen schien; und das könnte für immer das Glück einer Szene zerstören, die bis zu ihrem Eindringen ein anderes Paradies erblüht hatte.

Kapitel VII.

Ah! Sanftes Paar, ihr Kleinen, denkt darüber nach, wie nahe
eure Veränderung naht, wenn all diese Freuden
verschwinden und euch dem Weh überlassen werden.
Je mehr Weh, desto mehr ist euer Geschmack nun an Freude!

Paradies verloren .

Obwohl es Sonntag war, war für den nächsten Morgen die Abreise der
Eltondales nach Cheltenham angesetzt; Denn abgesehen von Lady
Eltondales Angst davor, einen Sonntagabend in der Halle zu verbringen, war
der heilige Tag ein Tag, den sie und ihr gehorsamer Herr normalerweise für
die Reise bestimmten.

Der gesamte Haushalt von Sir Henry, der eine solche Inbesitznahme des
Sabbats nicht gewohnt war, geriet in Unordnung. Die Ankunft der
Postpferde; die Hektik und Wichtigkeit der Diener, die abreisten, mit der
Verwirrung derer, die bleiben sollten; die Aufzählung der Pakete durch
Madame La Fayette, die, wenn möglich, eine feinere Dame war als ihre
Geliebte; und die unangenehmen und vielleicht nicht ganz unbeabsichtigten
Fehler ihrer Adjutanten, der Hausmädchen, sorgten in ihrer Anordnung
insgesamt für eine Szene des Lärms, die den armen, stillen Sir Henry völlig
bestürzte, und selbst Mrs. Galton konnte sich kaum zurückhalten Indem sie
einen Teil ihrer Verunsicherung zum Ausdruck brachte, als sie den
langsamen Fortschritt wahrnahm, der tatsächlich bei der Vorbereitungsarbeit
gemacht wurde, würde dies die Hausangestellten oder sie selbst wirksam
daran hindern, ihrem würdigen Pfarrer an seinem öffentlichen Gottesdienst
teilzunehmen. Endlich erschien Lady Eltondale , um an dem teilzunehmen,
was sie das frühe Frühstück nannte; und bevor diese für den Viscount immer
so wichtige Angelegenheit abgeschlossen war, die verschiedenen Formen des
Abschieds durchgegangen waren und der letzte Teil des Zuges sich bereits
von der Tür entfernt hatte, war der größte Teil des Morgens verstrichen.
Selina stand am Fenster der Bibliothek und beobachtete die schnelle
Bewegung der Kutschen und das beherzte Vorgehen der Postillone; Als sie
mit ihren Peitschen über den Köpfen der Pferde knallten, verließen sie die
lange Allee und verschwanden den Hügel hinunter. Sie lauschte eine Weile
und wünschte unwillkürlich, noch einmal das Geräusch der Kutschenräder
zu hören; Dann drehte sie sich plötzlich um und ließ ihren Blick hastig über
die dunklen Damastvorhänge und die massiven Möbel des Zimmers
schweifen. Sie wunderte sich, warum sie es noch nie zuvor so düster gesehen
hatte, wie es jetzt schien. Mrs. Galton, die schweigend die Veränderungen in

diesem Gesichtsausdruck beobachtet hatte, der jeden flüchtigen Gedanken so eloquent darstellte, fragte sie nun unvermittelt, woran sie gedacht habe. Selina fing an und wurde rot. Aber bisher war ihr noch nie ein Gedanke bewusst geworden, den sie sich nicht zu eigen machen wollte; und antwortete mit ihrer üblichen Unbefangenheit: „Ich frage mich, Tante, was für ein Ort Cheltenham ist? Wie gerne würde ich dorthin gehen!" – „Ich wage zu behaupten, Lady Eltondale hätte Sie gerne dorthin gebracht, Selina", antwortete sie Mrs. Galton mit einem Ausdruck von Traurigkeit, gemischt mit Angst : „Aber Sie glauben doch nicht, dass ich Sie und Papa gerne zurücklassen würde? – Nein, wenn Sie, Papa und Augustus alle kämen mit mir würde ich gerne gehen! Aber sonst nicht." Als sie dies sagte, warf sie ihre polierten Arme um Mrs. Galtons Hals und küsste sie liebevoll auf die Wange, um einen erfreulichen und eindeutigen Beweis für die Aufrichtigkeit ihrer Behauptung zu liefern.

Mittlerweile war Sir Henry hinausgeschlendert, auf den Arm des Augustus gestützt. Endlich, nach einem ungewöhnlich langen Schweigen, rief der Baronet aus: „Mein Gott! Gott segne mein Herz, wer hätte gedacht, dass Bell und ... Lord Eltondale wäre zu diesem Zeitpunkt schon gekommen und wieder gegangen?" – „Sie muss sehr schön gewesen sein", erwiderte Mordaunt. „Ja, sie war einst wirklich sehr hübsch", antwortete Sir Henry. – „Gott sei Dank, wie die Zeit vergeht! Ich erinnere mich an den Winter, als sie am Hof vorgestellt wurde, wie sehr sie bewundert wurde! Und mein Gott, wie die Dinge zustande kommen." : Alle sagten, sie hätte mit Ihrem Onkel, Lord Osselstone , verheiratet werden sollen, obwohl, glaube ich, an dem Bericht nie etwas Wahres dran war. Das war genau das Jahr, in dem Sie geboren wurden, Augustus, vor zweiundzwanzig Jahren. letztes Michaelifest . Seitdem war ich nie mehr in London und werde es, bitte Gott, auch nie tun!" Augustus hatte sich mehr auf seine eigenen Gedanken als auf Sir Henrys Beobachtungen konzentriert; und hätte vielleicht seine Träumerei fortgesetzt, wenn nicht das Schweigen des alten Mannes ihn aufgeweckt hätte, was bei seiner Unterhaltung nicht der Fall war. „Ich glaube", sagte er schließlich, „Selina ist ihrer Tante sehr ähnlich: Ihre Augen funkeln zwar mehr, und ihr Gesicht ist lebhafter, aber ihre Figur ist fast dieselbe, wenn sie nur eine sehr große wäre." etwas größer." – „Ja", erwiderte Sir Henry seufzend, „Selina wird noch viel wachsen, das wage ich zu behaupten neulich ein Kind: und dann", fügte er nach einer kurzen Pause hinzu, „frage ich mich, was für ein Kerl dieser Frederick Elton ist? Ich frage mich, ob er eines Abends gerne mit mir Backgammon spielen wird, so wie Selina? Armes Mädchen! Er darf nicht daran denken, sie nach London mitzunehmen, das wäre mein Tod, Gott steh mir bei!"

„Frederick Elton!" entgegnete Augustus. „Guter Gott, Sir! Was meinen Sie?" „Ja, Augustus, ich dachte, du wärst überrascht. Gott segne mein Herz! Ich hätte selbst nie daran denken sollen. Weißt du, Bell und Lord Eltondale haben den ganzen Weg zurückgelegt, um mich um Zustimmung zu Selinas Heirat zu bitten ? sein Sohn Frederick Elton? Es war zwar sehr nett von ihnen, darüber nachzudenken, aber mir wäre es lieber gewesen, sie hätten sich keine Sorgen gemacht. „Nun, Sir, nun ja, Sir Henry, Sie haben es nicht gegeben?" „Gott segne mein Herz! Na ja, was lässt dich so starren? – Natürlich habe ich es gegeben. Was hatte ich gegen den jungen Mann zu sagen? Und Bell sagte mir, er würde immer gerne hier leben." „Und Selina, Miss Seymour, hat auch ihr Einverständnis gegeben?" „Oh, armes Kind! Sie weiß noch nichts davon ; – Ich habe ihr kein Wort davon erzählt. – Aber was lässt dich so zittern? Ist dir kalt? Warum, Augustus, Junge, du siehst so bleich aus wie Asche!" Guter Gott! – Gott segne mein Herz, was ist mit dir los?" „Nichts, Sir, ich habe nur verdammte Kopfschmerzen, die eine Fahrt heilen wird." Mit diesen Worten wandte er sich abrupt von Sir Henry ab, der inzwischen die Tür zum Flur erreicht hatte, und griff wieder zu seinem knorrigen Stock. „Guter Gott! Nun ja, er ist nicht halb so glücklich darüber, wie ich erwartet hatte. Ich frage mich, was Mrs. Galton sagen wird." Und der Zweifel an der Möglichkeit, dass sie den Plan nicht billigen würde, da er wusste, dass sie überhaupt keine Partei für Lady Eltondales Pläne hatte, ließ ihn zunächst zögern, sie zu informieren. Aber die Gewohnheit, die er sich angeeignet hatte, sie bei jeder Gelegenheit zu konsultieren, und eine gewisse ruhelose Angst, die Menschen mit schwachem Geist immer empfinden, wenn ihre Meinungen oder Handlungen von anderen gutgeheißen werden, überwogen schließlich; und er zog sich in sein Arbeitszimmer zurück, nachdem er Mrs. Galton gebeten hatte, mit ihr zu sprechen, und stärkte sich vor ihrem Erscheinen mit so vielen Argumenten von Lady Eltondale , wie er sich in seinem gestörten Gedächtnis erinnern konnte.

Mrs. Galton war auf die Kommunikation nicht so unvorbereitet wie der arme Augustus. Sie wusste genug über Lady Eltondales Charakter, um zu vermuten, dass ihr plötzliches Wiederauftauchen in Deane Hall weder unvorhergesehen noch ohne Absicht gewesen sein konnte; und aus einigen Andeutungen, die Lady Eltondale im Laufe des Gesprächs beiläufig fallen ließ, hatte ihre Scharfsinnigkeit sie dazu gebracht, einige einigermaßen genaue Vermutungen zu diesem Thema zu entwickeln. Als sie daher das Arbeitszimmer betrat, war sie mehr betrübt als überrascht über die schmerzerfüllten Blicke, mit denen Sir Henry sie empfing. Der arme alte Mann, verwirrt über seine eigenen Gedanken, begann eher umständlich als deutlich, die Umstände zu schildern, und beendete eine höchst verwirrte Rede, indem er Mrs. Galton unvermittelt über den Vorschlag informierte. „Es ist so, wie ich es erwartet habe", antwortete sie ruhig. "Aye Aye!" rief der entzückte Baronet, „Ich wusste, wenn jemand es erraten würde, würden Sie es tun. – Ich hätte selbst nie daran gedacht." „Aber haben Sie Ihr Einverständnis gegeben, Sir Henry?" „Mit meiner Zustimmung – mein Gott!

Was meinst du? Nun, natürlich ist heute die ganze Welt verrückt geworden, glaube ich! Gott segne mein Herz! Hast du nicht gesagt, dass es das war, was du erwartet hast?" „Ich konnte nicht erwarten, mein lieber Herr, dass Sie einem Vorschlag, von dem das zukünftige Glück von Selinas ganzem Leben abhängt, Ihre Zustimmung geben würden, ohne darüber nachzudenken und ihre Gefühle zu diesem Thema richtig zu verstehen und zu berücksichtigen." „Aber, mein Gott! Ich sage dir noch einmal, dass ich meine Zustimmung gegeben *habe*." „Nicht unwiderruflich, hoffe ich, Sir Henry; Sie wissen nichts über Mr. Eltons Charakter, Geschmack oder Veranlagung; Sie wissen nichts." „Gott vergib mir, dass ich in einer Leidenschaft bin", unterbrach Sir Henry, „aber die Perversität von „Frauen sind genug, um einen Heiligen zu provozieren, was ich, Gott helfe mir, nicht tue. – Aber wissen Sie, Mrs. Galton", fuhr er in gemäßigterem Ton fort, „Sie wissen, dass Frederick Elton eine Verbindung zu uns ist." ;- und was uns betrifft, dass wir ihn nicht kennen – erinnerst du dich nicht, dass er in den Osterferien von der Schule hierher kam und Selina aus dem gleichen Grund die Masern einbrachte, armes Kind!" „Verzeihen Sie mir, Sir Henry", antwortete Mrs. Galton ruhig, „aber ich glaube nicht, dass Sie ihn gut genug kennen, um über seinen Anspruch auf Selinas Wertschätzung zu entscheiden; und glauben Sie mir, dieses liebe Mädchen wird niemals glücklich sein, wenn sie nicht heiratet." ein Mann, den sie nicht nur schätzt, sondern liebt." „Nun, und hat Lady Eltondale mir nicht gesagt, dass Selina Frederick Elton sicherlich lieben würde? Sie sagt, er sei doppelt so gutaussehend wie Augustus Mordaunt; was, mein Gott!, unnötig ist, denn Augustus, der arme Junge, ist ein ebenso guter junger Mann wie was ich je in meinem Leben gesehen habe. „Aye, armer Augustus!" rief Mrs. Galton traurig aus, „er wäre tatsächlich glücklich mit Selina gewesen, und Gott weiß, er ist der Charakter, der von allen anderen am besten zu ihr gepasst hätte." „Augustus Mordaunt, Mrs. Galton! Natürlich! Mein Gott! Wer hätte das gedacht! Aber, armer Junge, obwohl ich ihm Selina nicht gebe, werde ich dafür sorgen, dass ich ihm etwas anderes gebe – er wird es tun Sei niemals abhängig von seinem alten Onkel.

Mrs. Galton sah, dass es in diesem Augenblick vergeblich war, sich mit dem Baronet zu streiten, der völlig davon überzeugt war, dass sein Versprechen unwiderruflich war und dass es schließlich das Beste war, was er tun konnte, denn Bell hatte es ihm gesagt. Alles, was Mrs. Galton besorgen konnte, war ein nicht weniger positives Versprechen, dass er Selina nicht den entferntesten Hinweis auf das Projekt geben würde, mit dem sie nicht nur hoffte, ihre gegenwärtigen Tage des Friedens zu verlängern, sondern sich auch ein wenig schmeichelte, dieses Etwas Zwischen diesem Zeitpunkt und der Rückkehr von Herrn Elton aus dem Ausland könnte es zu einer Verhinderung ihrer Verbindung kommen.

In der Zwischenzeit setzte Augustus seinen nutzlosen Ritt fort –

„Il va monter en cheval pour bannir son ennui:
„Le chagrin monte en croupe et galoppe après lui .“

Da er feststellte, dass einsames Nachdenken seine Krankheit eher linderte als heilte, beschloss er schließlich, seinem ehrwürdigen Freund, Herrn Temple, sein Herz zu öffnen; Als er im Pfarrhaus ausstieg, schickte er seinen Diener zurück in die Halle, um ihm zu sagen, er solle nicht zum Abendessen zurückkehren – eine Andeutung, die die Düsterkeit, die sich auf den Gesichtern jedes Einzelnen des Trios ausbreitete, das während des Abendessens schweigend saß, erheblich verstärkte -Tisch. Sir Henry und Mrs. Galton waren jeweils mit ihren eigenen Überlegungen beschäftigt; und Selina fühlte sich deprimiert, nicht nur wegen der ungewöhnlichen Abwesenheit von Augustus, sondern auch wegen der Auswirkungen dieses Vakuums, das in einem Landhaus immer entsteht, wenn Gäste, so wenige sie auch sein mögen, abreisen. Nach dem Abendessen schlenderte sie lustlos von einem Zimmer zum anderen; nahm abwechselnd alle Bücher auf und legte sie wieder hin, die auf dem Bibliothekstisch lagen; schlenderte zum Cembalo und spielte Teile mehrerer Hymnen, ohne eines zu Ende zu bringen, und hielt alle fünf Minuten inne, in dem vergeblichen Glauben, sie hörte das Trampeln von Mordaunts Pferd. Schließlich, eine Stunde vor ihrer üblichen Schlafenszeit, zog sie sich in ihr Zimmer zurück, fragte sich, was ihn so lange aufhalten konnte, und dachte, sie hätte noch nie einen so langen, so ermüdenden Abend verbracht; während sie es unwillkürlich mit den auf schnellsten Flügeln bewegten Stunden verglich, die die Faszination von Lady Eltondales Manieren am Abend zuvor so herrlich betört hatte.

KAPITEL VIII.

——Menschen
können den Kummer, den sie selbst nicht empfinden, beraten und trösten
.

VIEL LÄRM UM NICHTS .

Augustus wurde im Pfarrhaus wie gewohnt freundlich empfangen; Es dauerte auch nicht lange, bis er die gewünschte Gelegenheit fand, seinen ältesten und am meisten verehrten Freund zu konsultieren. denn Mrs. Temple erkannte schnell, dass etwas schwer an der Brust dieses jungen Mannes hing, den sie fast wie einen Sohn liebte, und zog sich daher bald vom Esstisch zurück und ließ die beiden Herren tête à tête zurück, in der Hoffnung, dass er es *finden* würde so viel Trost wie nie zuvor, weil sie sich frei mit ihm unterhielt, der „ihr Führer, ihr Oberhaupt" war; denn wie unsere Ureltern lebten sie: „Er nur für Gott, sie für Gott in ihm."

Kaum war Augustus mit Mr. Temple allein, fand sein bedrücktes Herz bereitwillig Luft, und er schüttete dem mitfühlenden Ohr seines ehrwürdigen Zuhörers eine vollständige Beschreibung all seiner Gefühle zu. Wie sehr er Selina liebte, hatte er zum ersten Mal entdeckt, als er erfuhr, dass sie für einen anderen bestimmt war; und er beschrieb mit der ganzen Beredsamkeit der Leidenschaft die Qual, die Verzweiflung, die er jetzt erlebte. Herr Temple hatte noch nicht vergessen, was es heißt zu lieben; und „obwohl die Zeit sein wallendes Haar dünner gemacht hatte ", waren seine Gefühle unter dem betäubenden Einfluss noch nicht träge geworden. Er konnte mit Geduld und sogar Mitleid den wilden Ausbrüchen des Kummers seines Lieblings zuhören, während er ruhig wartete, bis der erste Ausbruch der Leidenschaft nachließ und Raum für die Ausübung nüchterner Vernunft blieb. – „Komm, komm, meine Liebe." „August", sagte er schließlich, „Ihr Fall ist weder ein Einzelfall noch ein verzweifelter. Es gibt nur sehr wenige junge Männer in Ihrem Alter, die sich nicht so tief verliebt einbilden wie Sie jetzt, und zwar von der ganzen Zahl." , nicht einer von fünfhundert heiratet das Objekt seiner ersten Wahl: Tatsächlich ist es für sie oft ein großes Glück, dass sie es nicht tun." – „Aber Selina Seymour! Wo ist so eine andere Frau zu finden?" rief Augustus aus: Und dann ließ er sich mit aller Vehemenz eines Liebhabers über ihren „unvergleichlichen Charme" aus. „Ich gebe Ihnen zu", antwortete Mr. Temple, „sie ist ein sehr entzückendes Mädchen und wird, soweit wir es beurteilen können, wahrscheinlich eine höchst achtbare Frau abgeben. Aber Sie wissen, dass ihr Temperament von Natur aus äußerst unbeständig ist, und." Ihr zukünftiger Charakter wird zum großen Teil von ihren zukünftigen

Führern abhängen. Nun ja, wir werden nicht über den Grad ihrer Verdienste streiten", fuhr Mr. Temple fort, als er sah, dass Mordaunt bereit war, den Fehdehandschuh zu ihrer Verteidigung auf sich zu nehmen; – „Hören Sie mich nur an mit Ruhe, und ich verspreche, meine Beobachtungen so weit wie möglich auf dich selbst zu beschränken. Weißt du, mein lieber Junge, du bist noch sehr jung und sehr unerfahren. Es stimmt, du warst schon drei Jahre in Oxford. Aber der In der Welt könnte man Ihnen buchstäblich sagen, dass Sie nichts wissen. Selina ist jetzt sicherlich die charmanteste Frau, die Sie je gesehen haben; aber wie können Sie sicher sein, dass sie in Ihrer Wertschätzung immer den Vorrang behält? Ja, mein Lieber, das brauchen Sie nicht Sagen Sie es mir: Ich weiß, dass Sie in diesem Moment vollkommen von Ihrer eigenen unantastbaren Beständigkeit überzeugt sind usw. Aber lassen Sie mich Ihnen sagen, Sie wissen selbst noch nicht, was Ihr Glück in einem Eheleben ausmachen würde und was nicht . Das Mädchen, an dessen Lebhaftigkeit und Lebhaftigkeit wir uns mit siebzehn erfreuen, kann sich mit sieben und zwanzig als frivoler und sogar verächtlicher Charakter entpuppen. Und können Sie sich ein größeres Unglück vorstellen, als gezwungen zu sein, die lange Kette der Existenz mit einem Gefährten weiterzuschleppen, mit dessen Schicksal das Ihre für immer verbunden ist , ohne dass auch nur ein einziger Gefühlston mit dem Ihren übereinstimmt? dem deine Freuden und deine Sorgen gleichermaßen unbekannt sind oder, wenn sie bekannt sind, nie verstanden werden; und wo jedes Elend durch die Gewissheit verschlimmert wird, dass Ihr Schicksal unheilbar ist – wann

„Das Leben kann nichts Schlechteres oder Dunkleres bringen."

Wann

„Freude hat keinen Balsam und Leid keinen Stachel?"

„Es ist sehr wahr, dass Sie jetzt denken, weil Selinas Beschäftigungen bisher Ihren ähnlich waren, dass ihr Charakter ebenfalls mit Ihrem sympathisieren muss. Aber obwohl ich zugebe, dass es jetzt so aussieht, bestreite ich, dass es in irgendeiner Weise so ist Sie ist so geformt, dass man sich sicher auf sie verlassen kann. Sie ist sehr jung und sehr fügsam; und glauben Sie mir, ihr chamäleonartiges Wesen wird höchstwahrscheinlich den Schatten desjenigen annehmen, mit dem sie Umgang hat: – „Dimmi con *chi vai* ", *e vi diso quel che fai* [6].' Sie sagen, wenn Sie ihr Ehemann wären , wären Sie ihr Führer; und diese Charakterähnlichkeit, die jetzt nur noch schwach erkennbar ist, würde für immer bestätigt werden . Aber ohne auf das Argument einzugehen, dass Ihr eigenes noch kaum geformt ist, möchte ich Sie daran erinnern, dass Selina die Welt noch weniger kennt als Sie. Lassen Sie mich Sie fragen: Würden Sie auch in diesem Moment ungezügelter Leidenschaft die Hand dieses lieben, unschuldigen Mädchens annehmen, ohne die Gewissheit zu haben, dass Sie damit ihr Herz erhalten haben? Und wie konnte man sich ihrer Zuneigung sicher sein, bis Zeit und Erfahrung, durch die Reife ihres Urteilsvermögens, ihre Gefühle bestätigt hatten? Wie, Augustus, würdest du die Überzeugung, ja sogar den bloßen Verdacht unterstützen, dass sie, als du sie als deine Frau zum ersten Mal in die Welt einführtest, von der sie bisher so völlig zurückgezogen gelebt hat, eine andere treffen würde, von der sie sogar dachte, dass sie sie wäre? hätte dir lieber sein können; und während du sie weiterhin mit den Augen zärtlicher Liebe anstarrtest, empfandst du, dass die warme Gabe deines Herzens mit dem kalten, versteinernden Blick der Gleichgültigkeit empfangen wurde? Schon bei dem Gedanken schaudert es dich. Stellen Sie sich also vor, wie der Pfeil , der Sie verwundet hat, noch einmal geschärft werden würde, wenn der verleumderische Zahn des Neids Ihren guten Ruf zerstören würde, indem er Sie beschuldigt, Sie hätten sich Sir Henry Seymours Eigentum gesichert, indem Sie seine Erbin geheiratet haben, bevor das arme Mädchen alt genug war selbst zu urteilen. Was dann, mein lieber Junge", sagte Mr. Temple und ergriff seine Hand mit einer fast väterlichen Inbrunst , während seine Augen in Tränen schwammen, „was dann, Augustus, das Ergebnis dieser Beobachtungen ist, was für mich noch schmerzlicher ist? als dir zuzuhören? Sie erkennen an, dass Sie Selina unter diesen Umständen nicht einmal heiraten möchten. Was ist dann dein Elend? Schauen Sie ihm kühn ins Gesicht; Und glauben Sie mir, es gibt nur wenige der zu erwartenden Übel des Lebens, die, wenn man sie ständig ansieht, nicht zur Bedeutungslosigkeit verschwinden. Lord Eltondale hat seinen Sohn als Ehemann von Miss Seymour vorgeschlagen; und die Verbindung ist aus weltlicher Sicht hinreichend wünschenswert, um die Zustimmung von Sir Henry Seymour zu erhalten. Aber Selina, sagen Sie, weiß noch nichts davon und hat Mr. Elton noch nie gesehen. Was kommt dann alles heraus? Warum glaubst du, dass ihr Vater sie zwingen würde, ihn zu heiraten, wenn sie ihn sieht, wenn sie ihn nicht mag? Und wenn sie ihn mögen würde, würdest du ihre Hand annehmen, selbst wenn sie dir angeboten würde?"

Mr. Temple hatte seine Rede nicht so lange ohne häufige Unterbrechungen durch Augustus fortgesetzt, der sich zunächst nicht leicht dazu überreden ließ, Behauptungen zuzustimmen, die dazu neigten, den märchenhaften Traum von Glückseligkeit, der in seiner Fantasie schwebte, zu zerstören. Nach und nach jedoch, als sein Urteil abkühlte, stimmte er den klaren, aber strengen Wahrheiten zu, die Herr Temple äußerte; während die Ehrerbietung und Achtung, die sein Schüler stets für den hervorragenden alten Mann empfunden hatte, noch wirksamer dazu beitrug, die Überzeugung zu erreichen, die er anstrebte, als selbst die logische Stärke seiner Überlegungen.

Nach und nach gestand Mordaunt nicht nur die Wahrheit seiner Bemerkungen, sondern unterwarf sich auch dem weisen Verhaltensplan, den Mr. Temple ihm aufstellte.

Er schlug vor, dass Augustus sofort den Saal verlassen und sich wieder an die Fortsetzung seines Studiums in Oxford wenden sollte, und überließ der Zeit nicht nur die Entwicklung von Selinas Charakter, sondern auch den Beweis dafür, inwieweit er tatsächlich an sie gebunden war.

Ihr Gespräch dauerte bis in die späte Stunde; und als Mordaunt nach Hause zurückkehrte, hatte sich die ganze Familie zum Ausruhen zurückgezogen, und die Tür wurde von einem Diener geöffnet, der gleichzeitig mit seiner Hand die schimmernde Kerze beschattete, die die dunkelgetäfelte Halle nur teilweise erleuchtete . Augustus spürte, wie ein Schauer durch seine Adern kroch, als er ihn schnell durchquerte; und als er mechanisch in den leeren Salon ging, blieb er einige Minuten in melancholischem Schweigen stehen. Die Musik, die Selina gespielt hatte, war achtlos über das Cembalo verstreut; das Predigtbuch, in dem Mrs. Galton gelesen hatte, lag aufgeschlagen auf dem Tisch; und Sir Henrys geknoteter Stock war neben den Stuhl gefallen, in dem er normalerweise sein Abendschläfchen hielt. Eine Art unwillkürlicher Gedanke ging Augustus durch den Kopf, dass er diese drei geliebten Menschen nie wieder in diesem Zimmer treffen würde, das für ihn bisher der Schauplatz seiner glücklichsten Stunden gewesen war; und er schreckte vor dem melancholischen Gedankengang zurück, den diese Überlegung hervorrief, und zog sich eilig in sein Zimmer zurück, allerdings nicht, um sich auszuruhen. Während dieser wachen Nacht ging ihm oft derselbe Gedanke durch den Kopf; und oft in seinem späteren Leben kam es ihm mit ergreifender Kraft in die Erinnerung zurück. So oft kommt es vor, dass melancholische Phantasien, die durch den vorübergehenden Druck des Kummers im Geiste entstehen, durch spätere Ereignisse ins Gedächtnis zurückgerufen werden und, gewürdigt durch die zufällige Bestätigung zufälliger Umstände, den Namen prophetische Warnungen *erhalten* .

KAPITEL IX.

Spotten. - WAHR; aber ich denke, Sie kommen schlecht zurecht, denn es gibt sicherlich keinen Grund, warum Herr Walter so mitteilsam sein sollte.

Puff. – Denn das ist, wie gesagt, eine der undankbarsten Bemerkungen, die ich je gehört habe; – denn je weniger Anreiz er hat, dies alles zu erzählen, desto mehr sollten Sie ihm meiner Meinung nach verpflichtet sein; denn ich bin sicher, dass Sie ohne es nichts von der Sache wissen würden.

Baumeln. – Das ist sehr wahr, auf mein Wort.

Der Kritiker .

Augustus stand am nächsten Morgen bei der ersten Morgendämmerung auf; und da er bestrebt war, Selina nicht zu sehen, verließ er, obwohl er von den unglücklichen Gefühlen, die jetzt Besitz von ihm ergriffen hatten, aufgewühlt war, die Halle, bevor irgendjemand aus der Familie aufgestanden war, und entschuldigte in einer kurzen Nachricht die Plötzlichkeit seiner Abreise, indem er Sir darüber informierte Henry soll am Abend zuvor im Dorf einen Brief erhalten haben, in dem ihm mitgeteilt wurde, dass seine Freunde aus Oxford zu ihrem lange versprochenen Ausflug zu den Seen aufgebrochen seien .

versuchte eine Zeit lang vergeblich, ihre Gedanken in ihren gewohnten Bahnen zu lenken. Schließlich wurden sie einigermaßen abgelenkt, als ein Brief von Lady Eltondale an Sir Henry eintraf, dem ein Brief von Frederick Elton an seinen Vater beigefügt war; denn Sir Henrys edle Schwester war sich vollkommen bewusst, dass es ratsam war, ihn von Zeit zu Zeit an die Existenz dieses jungen Mannes zu erinnern, damit eine solche Erinnerung sein Gedächtnis an sein ihm gegenüber gegebenes Versprechen auffrischen könnte.

Herr Elton war drei Jahre im Ausland gewesen und hatte während dieser Zeit einen ständigen, wenn auch nicht sehr vertraulichen Briefwechsel mit seinem Vater geführt; denn da er Lady Eltondales Satire fürchtete und wusste, dass sie die Angewohnheit hatte, alle seine Briefe zu lesen, stellte er sich ihr verächtliches Lächeln oder ihr mitleidiges Achselzucken über das vor, was sie seine Romanze nennen würde, mit einem Widerwillen, den er nicht aufbringen konnte zu begegnen: So dass, obwohl sein umgangssprachlicher Umgang mit seinem Vater von vollkommenstem Vertrauen geprägt war, seine schriftlichen Mitteilungen an einem Tor angebracht worden wären, ohne dass seine Lebensaussichten auch nur im geringsten beeinträchtigt worden wären. Aber da er sich auf diese Weise des Glücks beraubt fühlte, seinem ersten und besten Freund vorbehaltlos alle seine Gefühle und Wünsche mitteilen zu können, versuchte er, sich für diesen Entzug durch eine höchst unverhohlene Korrespondenz mit einem Mr. Sedley zu trösten . mit dem er während ihres akademischen Studiums an der Universität Cambridge eine Freundschaft geschlossen hatte, wo sie beide ehrenvoll ausgezeichnet worden waren.

Ungefähr zwölf Monate vor Lady Eltondales Besuch in Deane Hall hatte Mr. Sedley den ersten der folgenden Briefe erhalten, und sieben Monate nach seiner Ankunft erreichten ihn die beiden letzteren, wenn auch unterschiedlichen Datums, am selben Tag: Natürlich nicht Sie begegneten dem Blick der Viscountess, so dass sie nichts von deren Inhalt wusste; aber selbst wenn sie sie vollständig gekannt hätte, hätte keine Rücksicht auf Friedrichs *Glück sie auch nur einen Augenblick in ihrem Plan, seinen Wohlstand* zu fördern, ins Wanken gebracht , da von der Erfüllung ihres lange ersonnenen Plans zu diesem Zweck die Möglichkeit ihres zukünftigen Fortbestehens abhing die Londoner Welt.

HERR ELTON, AN CHARLES SEDLEY, ESQ .

Catania, 9. Januar. ——

erhalten haben, die ich Ihnen geschrieben habe, mein lieber Sedley, seit ich England verlassen habe, sind Sie mit all meinen Streifzügen bestens *vertraut ;* und von meinen Gefahren und haarsträubenden Fluchten zu Wasser und zu Land, angefangen bei einem Schiffbruch auf der Insel Rhodos bis hin zu den Gefahren, denen ich begegnete, als ich dem Dey von Algier meine Komplimente machte: Wenn nicht, muss ich es tun Verweisen Sie auf mein Notizbuch, denn eine zweimal erzählte Geschichte ist für den Erzähler immer noch langweiliger als für den Zuhörer. Sie dürfen nicht ungläubig sein, wenn dieses Manuskript viele wunderbare Abenteuer enthalten sollte; Aber ich bin auf etwas gestoßen , das seltener und „vorübergehend seltsamer" ist als all die Wunder, die darin beschrieben werden: eine Frau, die ich lieben *kann* ! ja, dass ich, um meine Seele willen, nicht anders könnte, als zu lieben, wenn ich wollte; Und um ehrlich zu sein, möchte ich das Experiment derzeit nicht machen.

Siehst du, Sedley, du warst im Grunde kein schlechter Prophet. Als wir zusammen waren, habe ich allen Frauen in

Bezug auf die Ehe abgeschworen, weil ich von den Manövern titeljagender Mütter und den *Aggressivitäten* ihrer hochgeputzten Töchter angewidert war, die kaum Unterscheidungsmerkmale haben außer Namen und nichts, bei dem sie eine Auswahl treffen können die große Ähnlichkeit – nichts, was ihre Identität erkennen ließe – außer einem mehr oder weniger gewissen Skrupel der Torheit oder Koketterie! Überfordern Sie sich jetzt nicht zu sehr mit Ihrer Penetration; Du hattest nicht ganz recht, es war nicht das gallische „ *Erycina*" . *Ridens , Quam Scherz circumvolat et Cupido* [7] ", der mich faszinierte. – Der Mann sucht im Mann seinen Nächsten, aber in der Frau sein Gegenteil; und ich bin zu flüchtig, um von einem Geschöpf berührt zu werden, das so gedankenlos ist wie ich selbst. Ich würde nicht sagen, gedankenlos , aber als *fröhlich* ; denn ihre Köpfe sind ständig mit Plänen gefüllt, Bewunderung zu erregen oder Eroberung zu sichern: außerdem ist die Pariser Schönheit nur das temperamentvollere Original, von dem unser eigenes Modemädchen die elegante, aber fade Übersetzung ist. Nachdem ich Ihnen das gesagt habe, habe ich Ich mag es *nicht* , es ist an der Zeit, Ihnen eine schwache, sehr schwache Vorstellung von ihr zu geben, das *tue ich* bewundern. – Aber lassen Sie mich regelmäßig fortfahren und Ihnen zunächst erzählen, wie ich sie zufällig getroffen habe.

In Palermo gibt es eine sehr zahlreiche, wenn auch nicht gute Gesellschaft, die aus Fetzen und Flecken der Grundnahrungsmittelindustrie aller Nationen besteht, hauptsächlich jedoch aus englischen Produkten. Wissen Sie, es ist meine Gewohnheit, im Ausland von den Vorteilen des Landes zu profitieren, in dem ich mich gerade aufhalte, da unser eigenes zu Hause besser und zu einem günstigeren Preis zu haben ist. Beeindruckt von dieser Idee verschaffte ich mir einige Einführungen in die Hauptadel dieses bezaubernden Ortes, wo es, wie ich hörte, eine entzückende einheimische Gesellschaft und die vornehmen Vergnügungen des Trinkens und Glücksspiels gab (die einzigen, die es in Palermo und Messina gab). wurden fast durch Musik, Tanz und literarische Konversation ersetzt. Ich wurde nicht enttäuscht; und wenn Sie jemals nach Sizilien kommen sollten, rate ich Ihnen, hier Ihren Wohnsitz zu nehmen, und ich werde Sie mit *einer* Ausnahme allen meinen Bekannten vorstellen. Vor etwa vier Monaten befand ich mich eines Abends im Marchese Di Rosalba und hörte exquisite Musik: Ich war so melancholisch wie ein verliebter Dichter, denn „Ich bin nie fröhlich, wenn ich süße Musik höre"; als mein Blick zufällig auf einer Dame ruhte, deren Bild mir nie aus dem Kopf gehen wird.

An den Blicken des Herrn, der sie begleitete, erkannte ich bald, dass das schöne Geschöpf, das auf seinem Arm ruhte, seine Tochter war. Auf seinem Gesicht lag ein seltsam gemischter Ausdruck gewohnheitsmäßiger Fürsorge und gegenwärtiger Freude; Seine Stirn war von tausend Falten durchfurcht, und der fieberhafte Glanz seiner Augen verriet, dass sein Gemüt unruhig war; aber als er sich an seine Tochter wandte, um sie in der stillen Sprache des Auges auf jede schöne Passage hinzuweisen In der Musik wirkte er wie ein Heiliger, der durch eine Vision himmlischer Natur aus seiner Buße erweckt wurde. Ihr Gesicht bildete den vollkommensten Kontrast zu seinem; es war die Wohnstätte des Friedens, der in ihren Augen zu ruhen schien; Ihr gesamter Umriss von Gesicht und Form war so perfekt, dass ein Bildhauer sie als Modell für die Statue hätte nehmen können, die Pygmalion verehrte; und wie er sehnte ich mich danach, das wunderschöne Bild zum beginnenden Nachdenken erwachen zu sehen – ich war nicht lange unzufrieden – sein scheinbares Fehlen war nur die Wirkung der Musik, die, um ihren eigenen Ausdruck zu verwenden, „fait tout rêver et *ne rien* " *war penser* ." Als sie sich in das Gespräch einmischte, glich ihr sich ständig veränderndes Gesicht einem Spiegel, der jedes vorüberziehende Bild auf unser Auge überträgt (obwohl die polierte Oberfläche selbst von keinem verdeckt wird) und der wie dieser seine Lebendigkeit der starken Reflexionskraft verdankt Ich konnte mich damals nicht entscheiden, und ich kann Ihnen auch heute noch nicht sagen, ob ich die engelhafte Ruhe ihres Gesichtsausdrucks am meisten bewundere, wenn sie schweigt, oder seinen strahlenden Glanz, wenn ihre Ideen und Gefühle in interessanten Gesprächen zum Ausdruck kommen. Auf diese Weise Augenblicke spiegelt sich der Glanz ihrer Seele in ihren Augen, und die lodernde Flamme, die dann in ihnen spielt, scheint unseren Blicken wie der Blitz des Sommers einen Himmel zu öffnen.

Sie werden leicht annehmen können, dass ich keine Zeit verlor, mich ihrer Aufmerksamkeit vorzustellen: Sie nahm meine Aufmerksamkeiten auf die unverschämteste Art und Weise entgegen – nicht umwerbend – nicht abweisend, sondern sie schien sie aufgrund ihres Geschlechts und ihres Rangs in der Gesellschaft für gerechtfertigt zu halten. Diese Aufmerksamkeiten habe ich seit diesem wunderbaren Abend bei jeder sich bietenden Gelegenheit nicht aufgegeben, und meine Bewunderung wird von Tag zu Tag größer. Ich finde ihre Unterhaltung wirklich bezaubernd; und ich glaube fest daran, dass es so wäre, wenn sie äußerlich das Gegenteil von dem wäre, was sie ist; denn wenn sie spricht, „lässt sie einen alles vergessen – sogar ihre eigene Schönheit." Sie hat nicht herausgefunden, dass ihr umfangreiches Wissen etwas ist , wofür sie sich schämen muss. Aber armes Ding! Ein kurzer Aufenthalt in England würde sie das lehren! Sie verheimlicht ihre Kenntnisse weder, noch stellt sie sie zur Schau. Der Gedankenstrom in *ihrem* Geist fließt nicht wie der kleine Wildbach in den Bergen, der durch zufällige Regenfälle anschwillt, alle Grenzen überschreitet und den schönen Boden, den er schmücken sollte, verunstaltet; aber wie der befruchtende Fluss,

„Obwohl tief und doch klar, obwohl sanft und doch nicht langweilig, Stark ohne Wut, ohne überfüllt zu sein ."

Am Anfang unserer Bekanntschaft unterhielten wir uns auf Italienisch, aber da ich nicht sehr fließend sprach, übernahm sie höflich die französische Sprache als das zirkulierende Medium unseres Geschäftsverkehrs, und es tat mir halb leid; denn abgesehen von der Schönheit des Italienischen in ihrem Mund gefiel mir ihr gutmütiges Lächeln mehr als allen anderen, als ich meinen spärlichen Vorrat mit ein oder zwei Wörtern Latein aufbesserte, es war so ermutigend freundlich, so *ungelernt* !

Ich fand bald heraus, dass sie ein schnelles Gespür für das Lächerliche hatte, aber nur, weil scharfsichtige Menschen nicht mit geschlossenen Augen durch die Welt gehen können. Sie verzichtet aus der Güte ihres Herzens darauf, die Macht der Lächerlichkeit zu nutzen, die ihr ihre Einsicht verleiht; und ich bewundere sie umso mehr dafür, dass sie über ein Arsenal an Witz verfügt und so viele polierte

Waffen unbenutzt hat. Wir hängen immer an dem großzügigen Feind, der zuschlagen kann, aber schont!

Ich war so entzückt von der Aufgabe, mir zum ersten Mal meine Vorstellungen über den Gegenstand meiner Bewunderung klarzumachen, dass ich (verzeihen Sie, mein lieber Sedley) ganz vergaß, dass sie von jemand anderem gelesen werden sollten; und vielleicht hätte ich bis morgen weitermachen sollen, wenn mich nicht mein Diener aus meinem Monolog geweckt hätte, als er gekommen wäre, um sich zu erkundigen, ob meine Briefe für die Übergabe an das Schiff bereit seien, das sie nach England transportieren soll erlauben Sie mir, diesen Ausdruck auf das Schreiben auszudehnen).

Ich würde das Amulett, das mit seinem mächtigen Zauber mein Herz beschützt, keinem anderen Auge als deinem zeigen; aber ich kann auch in diesem Fall nicht von meiner gewohnten Gewohnheit, Ihnen zu vertrauen, abweichen; Deshalb hier meine ungelesene Rhapsodie.

Grüßen, lieber Sedley ,
FREDERICK ELTON .

AN CHARLES SEDLEY, ESQUIRE .

Catania, 5. März ——

Mein lieber Sedley,

Vor etwa zwei Monaten habe ich Ihnen mein Geständnis geschickt, das Sie zweifellos bereits erhalten und beantwortet haben. Kaum war es weg, bereute ich es, es geschickt zu haben, weil ich dachte, es wäre klüger gewesen, meine vielleicht unerwiderte Leidenschaft einzudämmen , als das Risiko einzugehen, sie zu bestätigen, indem ich sie einem anderen weitergab. Dies war nur die Begleitung einer langen Reihe von Überlegungen, die in dem Entschluss endeten, Catania sofort zu verlassen; und um meine Gedanken von dem Gedankengang abzulenken, der sie erfasst hatte, beschloss ich, den Ätna in Begleitung einer Gruppe Savanen zu besuchen , die sich zu diesem Zweck an diesem Ort versammelt hatte. Wir hatten alles, *was wir für einen höchst amüsanten Ausflug brauchten* : Männer der echten Wissenschaft und Literatur und noch unterhaltsamere

Anwärter auf beides; Unter den letzteren nahm ich einen herausragenden Rang ein, denn in meinem Eifer, die „härteste Wissenschaft" zu erlernen , verwechselte ich ein Mineral mit einem anderen und nannte jede Pflanze, die ich traf, falsch; Tatsächlich könnte ich Ihnen eine lange Liste ähnlicher Fehler nennen, die so manchen Gelehrten auf die Höhe der verächtlichen Überraschung trieben!

Nach dem Abstieg vom Berg trennte ich mich unmerklich von der ganzen Gesellschaft, deren schwache Sinne mich so sehr in Erstaunen versetzt hatten; und als ich durch die wunderschöne Landschaft am Fuße des Ätna wanderte, wurde ich mehr denn je von Gefühlen besessen, die ich zu unterdrücken versucht hatte ;

Gießen Sie den Jäger Souvenance
L'objet qui plait,
On se donne tant de souffrance ,
Pour si peu d'effet !
Une si douce Fantasie ,
Toujours revient ,
Et en singend qu'on doit l'oublier ,
On s'en souvient . [8]

Um es kurz zu machen: Hier bin ich wieder in Catania, um mir ganz sicher zu sein, dass Adelina genauso bezaubernd ist, wie ich sie mir vorgestellt habe. Das glaube ich wirklich nicht, denn als ich bei ihr war, habe ich sie bestimmt nicht so sehr geliebt wie jetzt; Vielleicht war mein *Geist durch ihre Unterhaltung so sehr amüsiert, dass nur wenig Raum für die Ausweitung meiner Gefühle* blieb ; aber sie sind in ihrer Abwesenheit hemmungslos, und ihr melancholisches Bedauern ist, wie ich wirklich glaube, mächtiger als der mächtigste gegenwärtige Zauber. Wenn Adelina der überlegene Charakter ist , für den ich sie halte, sehe ich keinen guten Grund, warum sie nicht meine Frau sein sollte: Als ich die Sache genauer überlegte, habe ich die Phantome, die ich vor meiner Abreise von diesem Ort in mir wachgerufen hatte, in die Flucht geschlagen .

Mein Vater, als er doppelt so alt war wie ich (und daher halb so entschuldigt war), heiratete aus Liebe, warum sollte ich das also nicht tun?

Ich bin mir sicher, dass er mir keinen Widerstand leisten wird, denn er war immer ein äußerst nachsichtiger Elternteil, und in einem Punkt, in dem es um mein Glück geht, bin ich überzeugt, dass meine Wünsche seine sein würden. Wann immer er in Punkten von untergeordneter Bedeutung auch nur im Geringsten schwankte, hat meine charmante Stiefdame immer ihren Einfluss genutzt, um ihn zu meinen Gunsten zu entscheiden , deshalb bin ich ihrer Unterstützung sicher. Was kann mein Vater tatsächlich gegen Adelina einwenden? Er kann doch sicher kein Glück für mich wollen? Ich weiß nicht, ob Adelina von dieser Wurzel allen Übels besessen ist oder nicht, aber wenn nicht, ist es das einzige Bedürfnis, das sie überhaupt haben kann.

Aber das alles ist nur ein nachträglicher Gedanke, die Einleitung muss darin bestehen, Adelinas Zustimmung zu gewinnen: Sie hat mir bisher keine besondere Präferenz gezeigt, aber ich bin fest davon überzeugt, dass sie es nicht vorenthalten wird; *Ich war schüchtern rogat Dokument negare* [9] , und die Überzeugung vom Erfolg unserer Pläne sorgt so oft dafür!

Mit diesen Hoffnungen bin ich jetzt genauso glücklich, wie ich noch vor kurzem unglücklich war. Was für Narren sind wir doch, die Glückseligkeit, die wir genießen könnten, wegzuwerfen, auf Anraten dieser absurden Klugheit, die uns dazu bringt, nach Fehlern in den kurzen Pachtverträgen des Glücks zu suchen, die uns gewährt werden und die es schließlich auch gibt, wenn sie ablaufen nach Belieben verlängerbar, wenn wir nur die nötige Strafe zahlen würden, indem wir unsere stolze, milde Unzufriedenheit opfern. Hypochondergeister können sagen, was sie wollen; Aber ich werde behaupten, dass dies für diejenigen, die das Beste daraus machen, eine sehr entzückende Welt ist!

Der Marchese di Rosalba hat versprochen, mich morgen in die Villa Marinella zu bringen , wohin Adelina immer zu Frühlingsbeginn mit ihrem Vater geht. Ich werde mein Hauptquartier im Umkreis von zwei bis drei Meilen davon in Aci errichten reale , durch den der Fluss fließt, der durch die Liebe von Acis und Galatea verewigt wurde; und wenn sich meine Galatea als ebenso gütig erweisen sollte, wird kein geistiger oder körperlicher Riese unser Glück zerstören.

Immer Dein, lieber Sedley,

FREDERICK ELTON .

KAPITEL X.

——Er sagt, er liebt meine Tochter,
das denke ich auch: denn er hat nie den Mond auf das Wasser
geblickt , während er dasteht und liest.
Als wären sie die Augen meiner Tochter: und um ehrlich zu sein,
ich denke, das gibt es Kein halber Kuss zur Auswahl,
Wer einen anderen liebt, ist am liebsten.
Wenn der junge Doricles
sie heiratet, wird sie ihm das bringen,
wovon er nicht träumt.

SHAKESPEARE .

Herr ELTON AN CHARLES SEDLEY, ESQ.

Aci reale , 15. Juli

Mein lieber Sedley,

Ich glaube, ich habe Sie zu Beginn des Frühlings über meine
Absicht informiert, an diesen wunderschönen Ort zu
kommen, da er in der Nähe der Villa Marinella liegt, der
Residenz von „La belle Adelina“.

(die Bezeichnung „Meine Schöne“ ist in Catania bekannt).
Ich habe es geschafft, mich in dieser bezaubernden Villa
fast heimisch zu machen. Ich habe die Bewohner zunächst
nicht beunruhigt, da ich mich zu ihren Gunsten
einschmeicheln wollte , bevor sie von dem Ziel erfuhren,
das ich vorhatte. Mein Erscheinen erregte keine
Überraschung, als Aci Reale war für mich ein ganz
natürlicher Ort, den ich in dieser schönen Jahreszeit als
Aufenthaltsort wählen konnte, da es mir die Möglichkeit
bietet, alle Naturwunder des Ätna und alle Kunstwunder,
die in den Altertümern von Taurominium ausgestellt sind,
in aller Ruhe zu erkunden . Adelina und ich unterhielten uns
über die wunderschönen Ruinen von Syrakus; Natürlich
konnte ich nichts anderes tun, als dorthin zu gehen, um
Zeichnungen davon anzufertigen, und sie war ebenso
dankbar, sie in meiner Gegenwart aufs Genaueste zu
prüfen. Eines Tages fragte mich ihr Vater ziemlich
unvermittelt, ob ich *Perspektive verstehe* ? Ich sagte, ich

studiere es gerade und halte es für eine höchst entzückende Beschäftigung! Er war besorgt, dass so viel gute Neigung weggeworfen werden könnte, und bestand daher darauf, mich zu unterrichten; Und um die Sache noch schlimmer zu machen, wählte er die abstrussteste Methode. Um einen guten Eindruck auf ihn zu machen, musste ich meine eingerosteten Mathematikkenntnisse auffrischen, und ich versichere Ihnen, *dass* es keiner geringen Selbstbeherrschung bedurfte, um meine Aufmerksamkeit auf die Gesichtspunkte und Entfernungspunkte zu richten, über die er *ausführlich* sprach ; während mein Geist damit beschäftigt war, diese Punkte zu meiner Zufriedenheit zu klären, während sie Adelina und mich betrachteten. Wir sind jetzt bei einem angenehmeren Thema angelangt, das uns viele erfreuliche Gesprächsstunden beschert – nämlich den natürlichen und künstlichen Schönheiten dieser Insel. Bei meinem zweiten Besuch in der Villa Marinella wurde ich in einen Salon geführt, der mit Exemplaren von allem geschmückt war , womit sich Sizilien rühmen konnte: Der Boden war aus Mosaik aus all seinen verschiedenen Marmorarten; die Behänge aus sizilianischer Seide; Die Wände waren mit Gemälden von Velasquez geschmückt – in Vasen aus dem Alabaster des Landes blühte jede duftende Blume, die es hervorbrachte. Es gab einen Schrank von wunderschöner Arbeit, der hochwertig gearbeiteten Bernstein, Korallen und Kameen enthielt; und ein sizilianisches Museum und eine Bibliothek mit den besten erhaltenen Büchern einheimischer und moderner Autoren vervollständigten die Sammlung. Unter den Modernen wies mich Adelina besonders auf die Werke des Abate Ferrara, von Balsamo, Bourigni und die exquisiten Gedichte von Melli und Guegli hin : Der Inhalt dieses Raumes bietet uns eine ständige Diskussion. Nichts kann die Schönheit dieser Villa übertreffen; Die Hand des Geschmacks ist ihm vom ersten bis zum letzten Stein eingeprägt: Es liegt in einem reichen Tal am Fuße des Ätna, aus dem viele Bäche mit schäumender Geschwindigkeit ergießen. Das Meer erscheint hier und da wie ein glatter, glasiger See durch das dunkle Laub prächtiger Waldbäume, deren düstere Farbtöne einen bewundernswerten Kontrast zu den leuchtenden Farbtönen von Orange und Wein bilden. Die Myrte, die Rose und alle erlesensten Lieblinge der Flora werden „reichlich auf Hügeln, Tälern und Ebenen ausgeschüttet“. Die Schönheit des Himmels, der milde Duft der Luft und die klassischen und poetischen Assoziationen, die die umgebende Landschaft in den Geist weckt, wirken zusammen, um diesem entzückenden Ort einen Zauber zu verleihen, den keine Worte dem Geist eines Menschen vermitteln können, der ihn hat nicht inmitten ihrer Verzauberungen umherirren, und noch weniger kann die Sprache den Gefühlen dessen gerecht werden, der sie hat!

Adelina ist genau das Wesen, das eine solche Szene hervorbringen sollte; Keine Wolke der Trauer oder des Irrtums scheint jemals ihren dunklen Schatten auf sie geworfen zu haben; heiter in bewusster Tugend und Glückseligkeit und strahlend in geistiger und körperlicher Schönheit,

„Sie wandelt in Schönheit, wie die Nacht wolkenloser Gefilde und sternenklarer Himmel.“

Ich habe diesem bezaubernden Geschöpf heute alles gesagt , was ein Mensch sagen kann, außer den vier Worten: „Willst du mich heiraten?“ und war gerade dabei, sie auszusprechen, als ich höchst unpassend unterbrochen wurde. Von ihrer Überraschung und Verwirrung verheiße ich Gutes; Wann immer ich mir meines Glücks sicher bin, wirst du es wissen, aber vielleicht hast du das alles satt und bist bereit, mit Virgil zu sagen:

Sicelides Musæ , Paullo Majora Canamus ;
Non omnes arbusta juvant , demütigend myricæ [10] .

Dein immer,
FREDERICK ELTON.

AN CHARLES SEDLEY, ESQUIRE.

Aci reale , 3. August, ——

Bei meiner Seele, Sedley, du bist ein hübscher Beichtvater und gibst eine fromme Ermahnung!

Ich bin über Ihre Antwort auf meinen ersten Brief aus Catania ziemlich *empört* ; Entweder Sie oder ich müssen seit unserer Trennung sehr verändert sein. Ich glaube nicht, dass unsere Freundschaft jemals hätte entstehen können, wenn unsere Gefühle von Anfang an so unterschiedlich gewesen wären. Ich muss Ihnen ehrlich sagen, dass unsere Korrespondenz an diesem Punkt endet, wenn Sie mir jemals wieder einen solchen Brief über Adelina schreiben. Es stimmt, diese bezaubernde sizilianische Magd ist schöner als Proserpine; Aber bin ich Pluto, der sie aus den Armen ihrer zärtlichen Eltern und aus der hellen Sphäre, in die sie sich jetzt bewegt, reißen könnte, um sie zu den Schatten des Leids zu verurteilen, aus dem sie kein Zurück kennen könnte? Ich spüre so kraftvoll „die Macht, die Majestät der Lieblichkeit", dass mir ein solcher Gedanke nie in den Sinn kam, und er würde auch nicht in Ihren Kopf kommen, wenn Sie sie jemals gesehen hätten; denn ein Blick in ihr Engelsauge würde, wie die Berührung von Ithuriels Speer, alle Nachkommen des Bösen in die Flucht schlagen. Seit ich Ihnen das letzte Mal geschrieben habe, hat sich Adelinas Verhalten mir gegenüber völlig verändert; Ich sehe sie kaum jemals, wenn ich in die Villa komme. Ich kann nicht sagen, worauf ich das zurückführen soll, es sei denn, sie denkt, ich hätte zu viel und zu wenig gesagt. Die Sache wird nicht lange im Zweifel bleiben; – ihr Vater reist morgen nach Catania, und ich werde diese Gelegenheit für eine vollständige Erklärung nutzen. Ich kann Ihnen nicht sagen, wie sehr ich mich vor der Krise meines Schicksals fürchte, die so nahe bevorsteht! Keine meiner eigenen Torheiten soll mich einer Frau berauben, die jeden Charme und jede Tugend besitzt, die das Leben versüßen oder schmücken können. Wenn das der Fall wäre, hätte ich es verdient, in den ehelichen Schwebezustand verurteilt zu werden, in dem mein Vater und seine eiskalte Venus so jämmerlich gefangen sind. Ich würde einer solchen Prüfung das glühendste Fegefeuer vorziehen! Eine so charmante und lieblose Frau würde mich verrückt machen!

Grüßen ,
FREDERICK ELTON.

Einige Monate nach dem Datum dieses letzten Briefes erhielt Mr. Sedley einen von seinem Freund, geschrieben in Paris, aber wahrscheinlich aus Verärgerung über den scherzhaften Stil, mit dem er weiterhin seine Ideen zum Thema seiner Liebe zu „ „ *La bella Adelina* ", Mr. Elton erwähnte ihren Namen später nie mehr; und daher enthielten die Dokumente, die Sedley aus dieser Zeit erhielt, nichts von ausreichendem Interesse, um es dem Leser zu präsentieren, der nun jedoch kaum Schwierigkeiten haben wird, den Beweggrund des Besuchs in Sizilien zu erraten, den Friedrich im Jahr 2000 zu besuchen beabsichtigte Brief, den Lady Eltondale an Sir Henry Seymour weiterleitete, dessen Beilage eine Kopie ist. Sie nahm an, dass die „Hoffnungen und Ängste", von denen er dort spricht, auf einige diplomatische Ernennungen anspielten, da er in den vergangenen Monaten offenbar seine ganze Aufmerksamkeit der Politik gewidmet hatte. Und während sein Vater in der Hoffnung jubelte, eines Tages den Sohn , auf den er so stolz war, als „bevollmächtigten Minister" in Berlin, Petersburg oder Wien zu sehen, dachte seine schöne Ehefrau mit ihrem üblichen Sarkasmus: „Frederick Elton ist zweifellos Mit seiner lächerlich romantischen Großzügigkeit, seinem hohen Geist und seiner Offenheit ist er besonders geeignet , die Intrigen eines Hofes weiterzuführen oder zu entwickeln ! Seine elegante Art und sein gutaussehendes Wesen würden jeden Punkt erreichen, den er sich wünschte, wenn er sich nur deren Einfluss zunutze machen würde Vorteile würden ihm bei den Frauen verschaffen, die in solchen Szenen allmächtig sind ; – aber der junge Mann ist viel zu hochmütig, um in solchen Dingen gesunden Menschenverstand zu haben. Mylord Eltondale ist in dieser Angelegenheit ebenso dumm wie in allen anderen, um es zu wünschen seinen Sohn in einer Situation zu sehen, in der seine *falsche Anrede* ihn zweifellos mit Schande überziehen wird!"

HERR. ELTON ZUM VISCOUNT ELTONDALE.

Paris, 25. Juli ——

Mein lieber Vater,

Ich hoffe, Ihnen eine zufriedenstellende Antwort auf Ihre Frage „Wie verbringen Sie Ihre Zeit in Paris?" geben zu können. denn ich war im letzten Jahr ständig damit beschäftigt, mir die politischen Informationen zu beschaffen, die für die öffentliche Karriere, die Sie mir vorgezeichnet haben, notwendig sind; und diesen Studiengang habe ich seit meiner Rückkehr in diese Hauptstadt mit zunehmendem Eifer verfolgt, mit der Gemeinde nicht der Prediger, sondern der Könige, um die unangenehme Unterbrechung zu kompensieren, die meine Beschäftigungen im Frühjahr durch die wunderbare Erscheinung des Königs erlitten wiederbelebter französischer Kaiser. Ich bin es jetzt leid, ein Gentleman zu sein; Und wenn Sie darauf bestehen, dass ich als Redner im britischen Senat glänze, sollte meine Jungfernrede bald gehalten werden, denn mit fünfundzwanzig Jahren habe ich, glaube ich, keine Zeit zu verlieren.

Ich sehe den bevorstehenden Zeitpunkt, auf den wir uns für meine Rückkehr nach England geeinigt hatten, mit einer Freude, die nicht von einem Anflug von Bedauern getrübt ist, da es auf dem Kontinent keinerlei für mich interessante Dinge gibt. Ich hoffe, Ihren landwirtschaftlichen Wissensschatz erheblich erweitern zu können, da ich die verschiedenen Arten der Ausübung dieser nützlichen Kunst zu einem meiner Hauptforschungsgegenstände gemacht habe; und von Syrien bis zur Picardie denke ich, dass ich in der Lage sein werde, die gegenwärtigen Prozesse der Tierhaltung zu Ihrer Zufriedenheit zu beschreiben. Schließlich werden Sie mich vielleicht nur als Ignoranten empfinden, obwohl ich mich selbst für einen ziemlichen Experten halte.

Ich mache mich morgen auf den Weg, um Sizilien einen kurzen Besuch abzustatten. Sie werden von dieser rückläufigen Entwicklung zweifellos überrascht sein; Aber sollte sich meine Mission als erfolgreich erweisen, werde ich den Grund dafür erklären, wenn wir uns treffen, da ich meine Motive nicht auf Papier trauen kann; und wenn ich meine Wünsche nicht in die Tat umsetze, werden Sie mir sicher den Schmerz ersparen, sie noch einmal zu rekapitulieren. Aber bis meine Hoffnungen und Ängste ein Ende haben, werde ich mich zumindest nicht auf „Rosen" ausruhen.

Ich kann meine Sorge, Dich, meinen immer gütigen Vater, nach so langer Abwesenheit wiederzusehen, kaum zum Ausdruck bringen! Bitte erinnern Sie mich an Lady Eltondale . Es tut mir leid, dass sie meine Tapferkeit so weit anprangert, dass es möglich ist, dass ich die Briefe eines so schönen Korrespondenten unbeantwortet lassen könnte. Ich hoffe, dass mein Empfang sie bis dahin dazu veranlasst hat, mir Gerechtigkeit widerfahren zu lassen. Wenn nicht, beten Sie, seien Sie mein Fürsprecher.

Mit dem Schiff Mary, das nach Plymouth fuhr, schickte ich Lady Eltondale einige sizilianische Vasen und Kameen sowie ein paar Flaschen Rosenkohl und einige Türkise, die ich in Konstantinopel besorgt hatte. Wenn Ihre Ladyschaft sie nicht erhalten hat, haben Sie bitte die Güte, die notwendigen Nachforschungen im Büro meines Agenten in London anzustellen, an den sie gerichtet waren.

Glauben Sie mir, mein lieber Herr,
Mit freundlichen Grüßen,
FREDERICK ELTON.

Sir Henry Seymour gab Selina mit triumphierender Miene den obigen Brief, damit er sie ihrer Tante vorlas; Gleichzeitig warf sie einen Blick auf Mrs. Galton, als wollte sie sagen: „Sie sehen, ich hatte völlig recht. Ich habe Selina einen Ehemann gegeben, auf den wir alle stolz sein werden." Doch als sie es hörte, dachte sie: „Ich vertraue darauf, dass meine liebevolle, unschuldige, aufrichtige Selina nicht dazu bestimmt ist, einen kaltherzigen Politiker zu heiraten. In was für einer Art herzloser Höflichkeit spricht Mr. Elton über die Frau seines Vaters! Ich fürchte ihn." wird seine eigenen im gleichen Geiste eiskalter Etikette behandeln; tatsächlich ist nichts Besseres zu hoffen, von dem Beispiel, das er immer in seiner eigenen häuslichen Szene gesehen hat.

KAPITEL XI.

Wie hängen diese Verzierungen an deinem bunten Kleid?
Sie wirken wie Girlanden auf der Maikönigin!

DE MONTFORD .

Kurz nachdem die Familie in Deane Hall die Gesellschaft von Augustus Mordaunt verloren hatte, war sie einer Einladung zum Abendessen bei Webberly Mouse gefolgt. Als der verabredete Tag gekommen war, stellte sich Cecilia Webberly , die für den Empfang der erwarteten Gäste vollständig gekleidet war, in nachlässiger Haltung an eines der Fenster im Wohnzimmer ihrer Mutter, mit einem Buch in der Hand, das nicht zu diesem Zweck gedacht war Es war nicht einfach, es zu lesen, sondern es auf einen Stuhl zu werfen, der passend für diesen Anlass aufgestellt war, so wie sie gesehen hatte, wie Lady Eltondale am Abend ihrer unerwarteten Ankunft in Deane Hall ihren Hut warf.

Es könnte jedoch keinen größeren Kontrast zu der eleganten, zerbrechlichen Viscountess geben, als die ausgewachsene Cecilia Webberly . Die ganze Hälfte ihrer massiven Gestalt war sichtbar, ohne ein einziges Stück Stoff. Ihre riesigen Schultern ragten weit über ihren Ärmel hinaus; Tatsächlich war ihr Arm bis zur Hälfte ihres Ellbogens nackt und ihr Rücken fast bis zur Taille, deren Umfang man durchaus als Polarkreis bezeichnen könnte, *da* er in der Entfernung vom Pol beschrieben wurde, der genau die Grenze markierte jene Regionen ewigen Schnees, die an seinem oberen Rand aufstiegen. Ihre Unterröcke, die nur knapp unter die Wade reichten, brachten die „große Rundung" besonders gut zur Geltung.

Aber um diese Nacktheit auszugleichen, war der Teil ihres irdischen Körpers, der bekleidet war, mit Verzierungen und Puffärmeln aller Art beladen, mit verdoppelten Reihen von Spitzen und Bändern, die ihre natürliche Masse auf unvorsichtige Weise vergrößerten; und die kleine Decke über ihrer Taille, die sich in Farbe und Beschaffenheit von der darunter unterschied, ließ die scheinbare Länge ihrer Kleidung noch kürzer erscheinen als die tatsächliche Länge. Auch Cecilias Gesichtsausdruck und ihr Benehmen ähnelten Lady Eltondale nicht näher als ihr Kleid und ihre Figur, denn was bei Letzterem an stiller Eleganz lag, könnte bei Ersterem ohne große Verletzung der christlichen Nächstenliebe für dumme Fadheit gehalten werden.

Miss Webberly hatte die Wiederholung ihres erwarteten *Impromptus noch nicht beendet* ; und ihre Mutter hatte den Raum verlassen, um ihre Anweisungen bezüglich des Abendessens zu wiederholen, so dass die schöne Attitudinerin keinen Zuschauer bei ihren verschiedenen Proben hatte, außer der unberührten Adelaide.

„Und was war ihr Gewand? –
„Ich kann die Mode nicht gut beschreiben.
„Sie war nicht in irgendeinen galanten Gewand geschmückt,
sondern
schien mir in die übliche Kleidung gekleidet
zu
sein
wunderschönes Rouge."

Aber Cecilia Webberly war es nicht gewohnt, zu *erröten* , auch wenn sie manchmal vor Leidenschaft rot wurde, und war sich ihrer auffallenden Unterlegenheit gegenüber ihrer ungebildeten Begleiterin ebenfalls nicht bewusst. Schließlich bot der Einzug der Familie Seymour einen weiteren Kontrast zum ehernen Koloss in Selinas sylphenähnlicher Gestalt, seinem lebhaften Auge und seiner leuchtenden Wange: –

„Die einen lieben die Pfeile, die umherfliegen,
„die anderen erröten vor der Wunde!"

Mrs. Sullivan und ihre älteste Tochter beeilten sich, ihrer Gesellschaft ihre Komplimente zu machen, die eine in der Sprache von Cheapside, die andere in allen Blumen der Rhetorik; und der Rest der erwarteten Gäste begab sich bald nach ihrer Ankunft alle in den Speisesaal, wobei Mrs. Sullivan darauf bestand, Selina „Schlagzeug" zu geben (denn so nannte sie den Vortritt), zum unendlichen Ärger des errötenden Mädchens, das noch nie zu Abend gegessen hatte Sie war es nicht gewohnt, an die Stelle der Frau zu treten, die sie von allen anderen am meisten respektierte. Ihr schmerzlicher Vorrang am Kopfende des Tisches wurde jedoch fast dadurch kompensiert, dass ihre Tante neben ihr saß und sie so vor dem Tisch abschirmte Rest des Unternehmens.

Das Abendessen – ein Gegenstand von zu großer Bedeutung, um in der gegenwärtigen Lage der Gesellschaft unbeachtet gelassen zu werden – wurde offensichtlich von einem Koch zubereitet; aber da Mrs. Sullivan darauf bestanden hatte, ihre eigenen Änderungen an der Speisekarte vorzunehmen, hatte sie den armen Mann in Aufruhr versetzt; und als natürliche Konsequenz war das Ganze ein Manqué, kein unpassendes Modell der Familie, das Vulgarität, Pracht und Würze unpassend präsentierte.

Die Wärme von Mrs. Sullivans Körpertemperatur wurde durch ihre stimmlichen und manuellen Anstrengungen erheblich gesteigert; Während ihr Sohn sehr verwirrt war, ob er die *Lässigkeit,* die er für modisch hielt, mit dem Wunsch in Einklang bringen konnte, Selina die unterwürfige Aufmerksamkeit zu zeigen, die er für vernünftig hielt. Aber obwohl seine Zunge unaufhörlich im Dienste von Miss Seymour beschäftigt war (denn das arme Mädchen wäre an Überfluss gestorben, wenn sie ein Viertel der Esswaren gegessen hätte, die er ihr aufdrängte), wurden seine Augen unwillkürlich von Adelaide angezogen, die Inmitten der Verwirrung der Sprachen führte sie ein scheinbar angeregtes Gespräch mit einem sehr gutaussehenden jungen Mann, dem ältesten Sohn von Mr. Thornbull , der neben ihr saß. Damit war Herr Webberly nicht einverstanden; und unterbrach sie deshalb auf jede erdenkliche Art und Weise, aber alles umsonst. Kaum hatte sie auf seine Frage geantwortet oder seiner Bitte zugestimmt, nahm sie ihr Gespräch wieder auf, das sie viel mehr zu interessieren schien; und zum ersten Mal glaubte er, dass das schnelle Lächeln, das über ihr Gesicht huschte, wenn sie sich unterhielt, nicht so sehr zu ihr passte, sondern vielmehr der gelassene Ausdruck, wenn sie schwieg.

Endlich hörte Selina den Willkommensruf: „ Möchten Sie noch mehr Wein, Miss Seymour?" und dieser wohlverstandene Aufruf befreite sie von ihrem Bußplatz.

Bald nachdem sich die Damen in den Salon zurückgezogen hatten, trennten sie sich, einige begaben sich ins Musikzimmer, einige ins Gewächshaus, und Miss Seymour nahm Adelaides Einladung, von dort aus in den Garten zu gehen, gern an. Noch bevor das Abendessen halb vorüber war, hatte Selina Fräulein Wildenheim für „das entzückendste Mädchen der Welt" gehalten ! Aber sie zweifelte zu sehr an ihren eigenen Ansprüchen auf Aufmerksamkeit, um so sofort ihre Bekanntschaft zu suchen; Allerdings war sie trotz ihrer gewohnten Hektik bereits davon überzeugt, dass sie sie ihr ganzes Leben lang lieben sollte, wenn sie sie nie wieder sehen würde. „Sie ist zu elegant, zu klug, um ein ungeschliffenes Mädchen wie mich zu mögen", dachte Selina. Aber darin irrte sie sich; denn Adelaide schenkte ihren ungeübten Reizen ebenso viel Bewunderung, wie ihre eigenen, eleganteren Grazien Miss Seymours Geist erregten, obwohl sie ihre Zustimmung auf nüchternere Weise zum Ausdruck brachte; Denn abgesehen davon, dass sie drei Jahre älter als Selina war, hatte sie unglücklicherweise auch mehr Gelegenheit gehabt, die ersten glücklichen Gefühle ihrer Jugend durch die bitteren Winde des launischen Schicksals abzukühlen.

Als Selina anhand von Adelaides ausdrucksstarker Art herausfand, dass sie sich sagen könnte: „Sie mag mich wirklich", kannten ihre Überraschung und Freude keine Grenzen; und wenn sie zuvor den Gegenstand ihrer Begeisterung für die bezauberndste Tochter Evas gehalten hatte, war sie jetzt nichts weniger als ein Engel. Ihr Vergnügen entging der Aufmerksamkeit ihrer neuen Freundin nicht; denn Selina war zu naiv, um irgendetwas zu verbergen . Adelaides Gesicht erstrahlte in einem jener freudigen Lächeln, die es in besseren Tagen erhellt hatten, als sie im Geiste ausrief: „Glückliches Geschöpf!" Aber sie seufzte vor echtem Kummer, als sie sich augenblicklich an die Flüchtigkeit jugendlicher Eindrücke erinnerte, „ *wenn Gedanke Sprache ist und Sprache Wahrheit ist* ".

Während Selina in Gedanken damit beschäftigt war, eine ewige Freundschaft mit ihrer neuen Bekanntschaft zu schließen und zu besiegeln, besuchten sie die Pagode und die Einsiedelei, saßen unter der Markise, wo sie den Roman fanden, der Miss Cecilia Webberlys morgendliches Arbeitszimmer gewesen war, und ihn gelesen hatten Vergeblich suchte er nach den goldenen und silbernen Fischen; denn Mrs. Sullivan war zu modisch, um lange vor Sonnenuntergang zu speisen, selbst im Hochsommer. Ihre erfolglose Suche nach ihren wässrigen Lieblingsgetränken erinnerte sie daran, wie spät die Stunde war; und sie wollten gerade ihren Weg zum Haus zurückverfolgen, als ein hübsches, rosiges Kind, etwa sieben Jahre alt, mit tanzenden Augen und wirrem Haar auf sie zuhüpfte. „Dieses süße Kind, Miss Seymour", sagte Adelaide, „ist Caroline Sullivan, meine liebe kleine Begleiterin." Selina küsste das Kind, teils wegen seiner eigenen Schönheit, teils um seiner Schutzpatronin willen; und als der kleine Bengel den Namen Miss Seymour hörte, sagte er in schelmischem Ton: „Ich habe ein Geheimnis für Sie, Miss Seymour – ein großes Geheimnis." „Und was ist dein *großes* Geheimnis, meine hübsche kleine Liebe?" fragte Selina. „Warum, weißt du, wird Bruder mit dir schlafen ? – Mama hat es ihm geboten. Und er sagte, er würde es tun, denn er denkt, dass du viel Geld hast; aber trotz allem, was er sagt, ist meine liebe Adele hübscher als du – und das denke ich auch – ich glaube", sagte das kleine Ding und blieb stehen, um zu beiden aufzublicken. Die jungen Damen waren so erstaunt, dass sie zunächst nicht die Kraft hatten, die Ansprache des Kindes zu stoppen, doch beide wurden vor gekränktem Stolz scharlachrot; und als sich ihre Blicke trafen und das Bild des alles siegreichen Helden und seiner Mutter in der lächerlichsten Sichtweise sofort vor Selinas Geist auftauchte, brach sie in einen maßlosen Lachanfall aus, in den Adelaide nicht widerstehen konnte. Das Kind glaubte vor lauter Heiterkeit, mit seinen Beobachtungen zufrieden zu sein; und da sie glaubte, etwas Kluges gesagt zu haben, fuhr sie in derselben Manier fort; während sie mit ernsten Gesichtern, zusammengezogenen Brauen und Einwänden vergeblich versuchten , ihre Redseligkeit zu zügeln. – *Car on ne se quérit pas d'un défaut qui plait.* „Guter Gott! Was sollen wir tun?" sagte Selina, halb lachend, halb weinend; denn das kleine Mädchen schien in ihrer überschwänglichen Heiterkeit bestrebt zu sein, ihnen ins Haus zu folgen und ihre Informationen zu wiederholen, als sie glücklicherweise daran dachten, ihre Aufmerksamkeit abzulenken; und so packten sie sie an jedem Arm und trugen sie fast vollständig um den Vergnügungsplatz; und indem sie plapperten und rannten, gelang es ihnen, den Kanal ihrer Gedanken abzulenken, und sie waren nicht wenig erfreut darüber, dass Miss Webberly bei ihrem Eintritt in den Salon in einem gebieterischen Ton von „kurzer Autorität" dem kleinen Ärgernis Befehle erteilte Bengel ins Bett.

Die Damen waren alle versammelt, und Fräulein Wildenheim hielt es für nötig, sich für ihre Abwesenheit zu entschuldigen ; und Selina ging sofort auf ihre Tante zu, entschuldigte sich und wunderte sich, dass sie sie so lange verlassen hatte, denn der fortgeschrittene Zustand von Tee und Kaffee verriet ihr, dass es spät war.

Als Miss Wildenheim als Antwort auf eine Bemerkung, die Mrs. Temple an sie gerichtet hatte, in ein allgemeines Gespräch eintrat, war Selina ebenso überrascht wie erfreut über die anmutige Leichtigkeit ihres Auftretens; und fragte sich, wie sie in der Einfachheit ihrer Ideen so belebend und gleichzeitig so elegant sein konnte. „Es ist nicht seltsam", dachte sie, „dass Lady Eltondale elegant ist, denn sie ist so ruhig, dass sie viel Zeit hat, alles auf die schönste Art und Weise zu tun; aber obwohl sie sehr elegant ist, ist sie es nicht." alles unterhaltsam, während Miss Wildenheim beides ist.

Obwohl Adelaides Charakter immer derselbe war, variierte der Stil ihrer Unterhaltung mit jeder anderen Person, mit der sie sich unterhielt. Sie war im Allgemeinen *lebhaft* , wenn auch selten fröhlich; und die Lebhaftigkeit ihres Diskurses war darauf zurückzuführen, dass sie nicht nur eine ungewöhnlich klare Wahrnehmung der Ideen anderer besaß, sondern auch eine ebenso klare eigene Struktur, die ihrem Gespräch eine Klarheit verlieh, die die Denkfähigkeit ihrer Zuhörer hervorrief; so dass sie, wenn sie selbst nicht unbedingt witzig war, oft zumindest „die Ursache des Witzes bei anderen" war. Sie war stets fröhlich und im Allgemeinen selbstbeherrscht, außer wenn ihre Gefühle zufällig erregt wurden und sie zu tief saßen, als dass sie im allgemeinen Verkehr der Gesellschaft hervorgerufen werden könnten. Mit einem Wort, ihre Lebhaftigkeit beruhte weniger auf der Lebhaftigkeit tierischer Geister, die so vergänglich waren wie die Jugend selbst, als vielmehr auf der Befriedigung einer Seele, die mit sich selbst in Frieden war, und eines Geistes, der durch einen ständigen Strom von Intellekt belustigt wurde.

Der Einzug der Herren führte Miss Cecilia Webberly und natürlich ihre Gäste vom Salon in den Musiksalon. Auch hier wurde ihre schöne Stimme, ebenso wie ihr schöner Mensch, durch Affektiertheit und durch den Versuch, einen Geschmack zur Schau zu stellen, verdorben, von dem die Natur ihrem Geist jede gerechte Wahrnehmung verweigert hatte. Sie hatte von ihrem Meister einen Möchtegern-Ausdruck erworben, der aus einem regelmäßigen Wechsel von Piano und Forte bestand, so deutlich wie die schwarzen und weißen Quadrate eines Schachbretts, mit entsprechenden Bewegungen ihrer Augen und Schultern; das *tout-Ensemble* erscheint dem Hörer wie eine Abfolge unvorbereiteter Schreie, die ihm weder den Frieden einer eintönigen Ruhe lassen noch ihm den Reiz der Abwechslung verleihen. „Beim Himmel, ich würde am liebsten mit einer Trompeterin in einem Zimmer eingesperrt werden; sie hat genug Stimme, um einem Mann das Gehirn herauszublasen!" sagte der junge Mr. Thornbull zu Mr. Temple, während seine Ohren noch bei Cecilias letztem Schrei kribbelten. „Ich bin sicher, dass Miss Wildenheim ganz anders singt." „Ich bin mir nicht sicher", antwortete sein ehrwürdiger Revisor lächelnd, „dass sie überhaupt singt. Wenn ja, ist ihr Urteil in der Musik zweifellos genauso richtig wie in allem. " aber sehen wir mal:" – und als sie auf Mrs. Sullivan zugingen, baten sie sie, ihnen ein Exemplar von Miss Wildenheims musikalischen Fähigkeiten zu verschaffen . Adelaide gehorchte mit einem Blick und einem Knicks, der die Verzeihung für ihre Unvollkommenheiten verriet , und was seltsamerweise eine vorübergehende Absolution für ihre Reize verschaffte, selbst von denen, denen sie am abstoßendsten waren.

Der junge Mann war zu sehr damit beschäftigt, die spielerische Vielfalt ihres Gesichtsausdrucks zu beobachten, als sie sang (denn sie sah nie halb so bezaubernd aus wie beim Singen), um ihre Darbietung zu kritisieren , hielt es aber für selbstverständlich, dass sie göttlich war, und das musste sie auch

„Diejenigen, die da waren, und die, die nicht da waren."

Denn obwohl es leicht ist, Missbildungen an den Tag zu legen, ist es unmöglich, das gut ausgeglichene Gleichgewicht gegensätzlicher Schönheiten zu beschreiben, das Vollkommenheit ausmacht, insbesondere in einer Kunst, die oft dann am deutlichsten zu spüren ist, wenn man sie am wenigsten versteht, und deren vergänglicher Charme für immer vergeht , während der Geist noch im Bewusstsein ihrer Existenz schwelgt !

Als der Rest der Gruppe die übliche Routine des Komplimentierens durchlaufen hatte und Adelaide sich zurückzog, sagte Mr. Temple, nachdem er ihre Leistung gelobt hatte: „Trotz Ihres entzückenden Gesangs muss ich sagen, dass ich die besten Tage der Musik halte." sind Vergangenheit." Die schöne Sängerin warf ihren Blick auf Selina und wandte ihre Worte dabei auf die bezaubernde Figur des schönen Mädchens und antwortete: „Ich stimme Ihnen teilweise zu, mein lieber Herr. – ‚Als die Musik, himmlische Jungfrau, jung war', vielleicht ihre wilden Anmut." waren fesselnder als ihre reife Eleganz." – „Ihr Gleichnis ist gerecht und gut angewendet. Die Musik spürt jetzt sicherlich ihren Verfall und versucht, ihre verblassten Reize durch üppige Verzierung zu verbergen."

Mr. Temple redete nicht selten *bei Kerzenlicht* und hätte vielleicht eine Stunde lang weitergemacht, wenn ihm nicht seine Frau auf die Schulter geklopft und ihm gesagt hätte, es sei Zeit, nach Hause zurückzukehren: und wie es gewöhnlich der Fall ist bei Festen auf dem Lande war die Ankündigung eines

Wagens das Signal für den plötzlichen Aufbruch der gesamten Gesellschaft; und obwohl Mrs. Sullivan mit hörbarer Stimme brüllte: „Warum, Cilly , du hast die Haare, die du heute Morgen geübt hast , noch nicht einmal halb durchgesehen ! Wo ist dein Bravo-Haar? Und dein Polacker ?" Bevor die besorgte Mutter den halben Katalog noch einmal rekapituliert hatte, stellte sie zu ihrer Überraschung und Bestürzung fest, dass alle ihre Gäste fast genauso plötzlich verschwunden waren wie Tam O'Shanters Begleiter, bevor er seine lobenden Ausrufe beendet hatte:

„In einem Augenblick war alles dunkel,

Und,

„Die höllische Legion machte einen Ausfall."

KAPITEL XII.

Rein war ihr Busen, wie der silberne See,
bevor die aufkommenden Winde das kräuselnde Wasser erschütterten;
Wenn die hellen Spektakel des Morgenhimmels
leicht über den weiten Spiegel fliegen,
von Frühlingsstürmen in schneller Folge getrieben ,
während das klare Glas das Lächeln des Himmels reflektiert.

HAYLEY .

„Was für ein entzückendes Mädchen Fräulein Wildenheim ist!" rief Selina Seymour aus, als sie am Tag, nachdem sie bei Webberly zu Abend gegessen hatte, in Mrs. Galtons Umkleidekabine bei der Arbeit saß House. – „Ich bin sicher, wir werden enge Freunde; ich habe noch nie jemanden gesehen, den ich auch nur halb so sehr bewunderte." Mrs. Galton stimmte mit Selinas Lob für ihren neuen Liebling überein ; Denn obwohl sie auf den ersten Blick nicht so geneigt war, „innige Freundschaften" zu schließen, hatte ihre Scharfsinnigkeit dazu geführt, dass sie eine fast ebenso positive Meinung über Fräulein Wildenheim hatte, wie Selina sie geäußert hatte. Tatsächlich lag es Mrs. Galton besonders am Herzen, ihre Bekanntschaft mit Mrs. Sullivans interessantem Mündel zu verbessern; Denn obwohl sie im Allgemeinen äußerst misstrauisch gegenüber den Freundschaften war, die Mädchen so häufig mit gleicher Heftigkeit eingehen und brechen, war sie äußerst darauf bedacht, dass Selina eine passende Partnerin ihres eigenen Geschlechts treffen würde; und die raffinierte Eleganz von Miss Wildenheims Manieren, die Ruhe ihres Benehmens und der gesunde Menschenverstand, den alle ihre Beobachtungen an den Tag legten, ließen Mrs. Galton hoffen, dass ihre geliebte Nichte aus ihrer Gesellschaft ebenso viel Nutzen wie Befriedigung ziehen könnte. Aber gleichzeitig, so erinnerte sie sich, schien ein gewisses Geheimnis über Adelaides Situation zu schweben; und deshalb hielt sie, während sie Selinas Lobreden bereitwillig zustimmte, ihre Zustimmung zu einer plötzlichen Intimität vorsichtig zurück, bis eine längere Bekanntschaft ihre gegenwärtige Voreingenommenheit gegenüber Fräulein Wildenheims bestätigte oder zerstörte favorisieren .

Selina hatte außer Mrs. Galton noch nie eine weibliche Partnerin gehabt; Denn obwohl Sir Henrys rücksichtsvolle Aufmerksamkeit für die „arme Mrs. Martin" und ihre unzertrennliche Begleiterin Lucy dazu führte, dass sie häufig in der Halle zu Gast waren, unterschieden sie sich doch in Charakter, Beschäftigung und Situation so sehr von Miss Seymour, dass kein Grad an Vertrautheit bestand jemals zwischen ihnen stattfinden könnte. Selina war von den jungen Damen im Webberly House bei ihrem ersten Kennenlernen so angewidert gewesen , dass sie vor jeder späteren Vertrautheit mit ihnen zurückgeschreckt war, und ihre Tante versuchte dabei auch nicht, ihre Vorurteile zu überwinden.

Mrs. Galton war sich bewusst, dass die Empfänglichkeit von Selinas Herzen und die Offenheit ihrer Gesinnung so groß waren, dass, wenn sie einmal eine Vorliebe verspürte, ihre ganze Seele von dem Objekt ihrer Zuneigung und der Stärke ihrer Wertschätzung in Anspruch genommen werden würde konnte wahrscheinlich leichter vorhergesehen werden als seine Dauer: Sie war daher besonders vorsichtig, als sie Selina den Verkehr mit denen erlaubte, von deren Verdiensten sie sich nicht ganz überzeugt fühlte; Sie glaubte, dass ein Großteil ihres eigenen zukünftigen Charakters und ihres damit verbundenen Glücks von dem ihrer ersten Führer und Mitarbeiter bei ihrem Eintritt ins Leben abhängen würde. Bisher waren ihre einzigen Gefährten und ihre einzigen Vertrauten Sir Henry, Mrs. Galton und Augustus Mordaunt gewesen. In ihnen konzentrierten sich all ihre unschuldigen Zuneigungen . Ihnen zeigte sich ihr ganzer Geist; und sie war so schuldlos, dass sie sich kaum vorstellen konnte, dass ihre Naivität ein Verdienst war. Auch der Mangel an anderen Gefährten hatte die Lebhaftigkeit ihres Charakters in keiner Weise gemindert; Vielleicht hatten im Gegenteil gerade die Gegenmittel, zu denen Mrs. Galton Zuflucht nahm, um eine vorzeitige Ernsthaftigkeit zu vermeiden, eher dazu beigetragen, jene Lebhaftigkeit zu verstärken, die an Leichtsinn grenzte und ihr gefährlichster Charakterzug war. Als die Lektionen ihrer Kindheit abgeschlossen waren, war es ihr stets erlaubt und sogar ermutigt worden, an vielen jener Spiele und Übungen teilzunehmen, die normalerweise der Unterhaltung des anderen Geschlechts dienen. Oft hat sie ein schwieriges Buch oder eine schöne Zeichnung aufgegeben, um mit ihrem Spielkameraden Augustus ihren Reifen zu drehen oder Rennen zu laufen. Und während andere Mädchen unter der Rute des Tanzmeisters gezittert haben, erlangte sie gemeinsam Gesundheit und Aktivität, indem sie über Tore sprang, vor deren Aufstieg feinere junge Damen sich vielleicht gefürchtet hätten. Es ist wahr, dass ihr auf dem Weg zur Frau beigebracht wurde, mehr auf die Anstandsregeln des Lebens zu achten; und anstatt wie die Kitze, die sie vertrieben hat, durch den Wald zu hüpfen oder sogar (schockierend, das zu erzählen) Hand in Hand mit dem alten Verwalter durch den halben Park zu gehen, bevor modische Mädchen ihren ersten Schlaf gebrochen hätten; Sie änderte nun ihre Vergnügungen und begleitete Mrs. Galton bei ihren wohltätigen Besorgungen für die Armen oder ritt, begleitet von Augustus und ihrem Bräutigam, durch die entzückenden Gassen in der Nachbarschaft . Seit er jedoch die Halle verlassen hatte, waren ihre Ausritte auf die Parkmauern beschränkt, und es verging kaum ein Tag, an dem die Erinnerung an ihre Streifzüge, an denen sie sich so sehr erfreute, nicht dazu beitrug, ihr Bedauern über seine erneut zum Ausdruck zu bringen Abwesenheit. Aber selbst dieser Umstand konnte ihre Stimmung nicht trüben. Vielleicht war sie in diesem Moment von allen geschaffenen Wesen fast das glücklichste. Sie kannte keine Welt außerhalb des kleinen Kreises um ihr eigenes Zuhause, und in diesem Kreis liebte sie und wurde geliebt. Jedes Auge strahlte zufrieden und jedes Herz erwiderte ihre Zuneigung mit doppelter Zärtlichkeit. Sie träumte nicht von Unaufrichtigkeit, und sie wusste nicht, was Trauer war, außer tatsächlich, wenn sie den Luxus genoss, die Trauer anderer zu teilen oder zu lindern; was ihre häufigen Besuche in den benachbarten Hütten ihr manchmal vor Augen führten: und nie sah sie so schön aus, wie wenn sie sich über das Krankenbett beugte oder die Wiege kindlichen Leidens schaukelte, während ihre Augen in Tränen schwammen oder vor Licht funkelten Freude über gelungene Wohltätigkeit.

Schönheit, Anmut und Unschuld
strahlten in ihr in himmlischer Vereinigung: Jemand, der
den Glauben des alten Griechenlands bewahrt hatte, hätte sicherlich gedacht,
sie sei eine glorreiche Nymphe göttlichen Samens,
Oread oder Dryade, aus Dianas Gefolge.
Die Jüngste und Liebste – ja Sie schien
ein seliggesprochener Engel oder eine seliggesprochene Seele zu sein, aus dem Reich
der Glückseligkeit, im Auftrag der elterlichen Liebe,

Zur Erde zurückgeschickt; Wenn Tränen und zitternde Glieder
solch eine himmlische Natur haben könnten.

Obwohl Sir Henry Seymour äußerst gastfreundlich war, war die Nachbarschaft von Deane Hall doch so zurückgezogen, dass die Damen im Webberly House und im Pfarrhaus die einzigen waren, die Mrs. Galton außer Mrs. Martin und Mrs. Lucas besuchte. Aber als der Herbst näher rückte, wurden die Besuche der beiden Letzteren in der Halle häufiger; denn Sir Henry liebte das, was er einen geselligen Whist nannte; und da sein ständiger Peiniger, die Gicht, ihn daran hinderte, sich über das hinaus, was ihm sein Badstuhl verschaffte, zu bewegen, war sein Hauptvergnügen die Gesellschaft seiner Landfreunde, die sich am liebsten um den Kamin des guten Baronets versammelten, wenn a Die lodernde Schwuchtel korrigierte den Einfluss einer scharfen Luft und gab ihnen einen Vorgeschmack auf die Annehmlichkeiten des Winters, bevor sie überhaupt mit seinen Schrecken vertraut gemacht wurden.

Bei diesen ruhigen Partys war Selina nur Zuschauerin: Nachdem sie alle Fragen von Frau Martin mit der gleichen Freundlichkeit beantwortet hatte, wurden sie auch gestellt, versorgte Lucy mit der Tageszeitung und der letzten neuen Zeitschrift; stellte den Stuhl ihres Vaters auf und ordnete seinen Fußschemel (denn er glaubte, niemand könne es ihnen so bequem machen wie seine Selina); alle ihre Pflichten des Abends waren zu Ende. Sie konnte sich dann unbemerkt mit ihrem Bleistift oder ihrem Tambourrahmen vergnügen oder auf ihr Cembalo zurückgreifen: wo sie, ohne den Ehrgeiz des Lobes und ohne Anregung von Eitelkeit, stundenlang „ihre Holznoten wild trällerte".

Manchmal schlossen sich Mr. und Mrs. Temple tatsächlich der Party an; und obwohl Selina auch ohne die Aneignung ihrer Gesellschaft immer fröhlich war, empfand sie doch zusätzliches Vergnügen, als sie die vernünftige Unterhaltung der einen und die lebhafte Gutmütigkeit der anderen genoss: denn diese beiden ausgezeichneten Menschen betrachteten Selina fast wie … ein eigenes Kind. Herr Temple hatte mit Freude die allmähliche Entwicklung eines Verständnisses beobachtet, von dessen gereiften Kräften er voller Vorfreude alles Gute erwartete; obwohl seine ängstliche Durchdringung ihn manchmal dazu brachte, vor ihrem zukünftigen Charakter und Schicksal zu schaudern, während er die Empfänglichkeit ihres Herzens beobachtete,

„Was wie die Nadel wahr ist, Bei der Berührung von Freude oder Leid
drehte er sich um , aber als er sich umwandte, zitterte er auch."

Seine liebenswürdige Gemahlin wollte jedoch trotz all ihrer Achtung vor seiner Meinung kaum zugeben, dass der Strahl des himmlischen Lichts, der die sich öffnende Blüte umspielte und ihr zusätzlichen Glanz verlieh, sie durch vorzeitige Erweiterung ihrer Reize zum vorzeitigen Verfall verurteilen könnte. Und manchmal, wenn der ehrwürdige Pfarrer mit elterlicher Fürsorge diese Unbeständigkeit, die auf gleichgültige Zuschauer nur einen umso größeren Reiz ausübte, fast bedauerte, stoppte Mrs. Temple mit der furchtbaren Voraussicht, die nur einem weiblichen Herzen angehört, den beabsichtigten Vorwurf und sagen Sie: „Ah! James, bremsen Sie nicht ihre unschuldige Fröhlichkeit; der Tag könnte kommen, an dem wir der Welt geben würden, ihr Lächeln zu sehen." In der Zwischenzeit fügte das schöne Objekt ihrer Fürsorge oft, wenn sie nachts ihr schuldloses Haupt auf ihr Kissen legte, noch nicht von einer einzigen Träne getränkt, zu ihrer frommen Danksagung den Wunsch hinzu, dass alle Welt so glücklich sei, wie sie es dankbar anerkannte war sie selbst.

Dieses unschuldige Kind der Natur konnte sich kaum vorstellen, dass das Schicksal bereits die Stunde markiert hatte, in der sie sich von den ruhigen Szenen ihres gegenwärtigen Glücks verabschieden sollte. Sir Henry sprach nie und konnte es kaum ertragen, über die Verlobung zwischen ihr und Mr. Elton nachzudenken, zu der er so überstürzt seine Zustimmung gegeben hatte; und Mrs. Galton war ebenso abgeneigt, das Thema zu erwähnen: natürlich, deshalb Selina blieb sich dessen völlig unbewusst, und ihre Zeit verging im glücklichen Wechsel von Freizeit und Beschäftigung, ohne Spuren von Zufällen und ohne Beeinträchtigungen durch Kummer. Sogar den Besuch von Lord und Lady Eltondale hatte sie bereits fast vergessen oder kam ihr nur gelegentlich als Traum in den Sinn, während selbst die Faszination, die sie bewundert und bewundert hatte, nach und nach aus ihrer Erinnerung verschwand.

An einem schönen Herbsttag, Anfang Oktober, war sie gerade von einem ihrer Lieblingsspaziergänge im Park zurückgekehrt, als sie plötzlich die Bibliothek betrat, um Sir Henry ein erschöpftes Jungtier zu zeigen, das sie keuchend in einem Dickicht entdeckt hatte. und dass sie es in ihren Armen nach Hause gebracht hatte: Während sie es hielt, bedeckte sie es teilweise mit ihrem Kleid, das sie hochgezogen hatte, um es warm zu halten; ohne jede Erinnerung an die Entblößung ihres schönen Knöchels, die durch diese Unordnung ihres Gewandes verursacht worden war. Ihre Farbe wurde durch die körperliche Betätigung intensiver, und der Wind hatte ihr üppiges braunes Haar zerzaust, das in Locken über ihre strahlende Wange fiel, während ihr Strohhut, fast offen, vom Kopf gerutscht war und im Gegensatz zu den restlichen Locken nach hinten hing dass ein Kamm lose befestigt ist. Vielleicht hätte ein Maler oder Bildhauer diesen Moment gewählt, um das schöne Objekt zu verewigen, das sich, als Selina die Tür öffnete, plötzlich den entzückten Blicken zweier Herren präsentierte, die gerade Sir Henry besuchten: in einem erkannte Selina es sofort Dem anderen wurde sie als sein Freund, Mr. Sedley, vorgestellt . Zuerst errötete Selina , als sie sich für einen Moment an ihre Dishabille erinnerte, wenn man sie so nennen könnte; Doch im Nu erholte sie sich, entschuldigte sich bei ihrem Vater für ihr Eindringen und gehorchte ruhig seinen Anweisungen, sich neben ihn zu setzen, während sie ihren zitternden *Schützling* zur Pflege unter die Treppe schickte. War es angeborener gesunder Menschenverstand oder war es anfängliche Eitelkeit, die diesen jungen Einsiedler vor den Qualen der *Mauvaise rettete? Honte* , was so viele Modebefürworter empfinden oder vortäuschen? Ihre Farbe war so unterschiedlich wie die Farbtöne eines Sommerhimmels; aber obwohl sie oft durch eine schnelle Empfänglichkeit verstärkt und manchmal verändert wurde, litt sie selten unter jener illegitimen Schüchternheit, die ihre Entstehung einem übermäßigen Wunsch zu gefallen verdankt. Die Sprache des Kompliments war ihrem Ohr fremd, und sie musste diese vollendete Koketterie erst noch erlernen, die sich in den Schleier der Bescheidenheit hüllt und nur darauf wartet, verfolgt zu werden.

Mr. Webberly erklärte, der Grund für seinen Besuch sei nicht nur die Überbringung einer Einladung seiner Mutter zu einem Ball gewesen, den sie in ein paar Wochen geben wollte, sondern auch seine ernsthaften

Überzeugungen, nämlich Sir Henry, Mrs. Galton und Miss Seymour würde es akzeptieren. Bei dieser Gelegenheit durchbrach die ungeschliffene Selina alle Regeln der Etikette; und ohne Rücksicht auf die Anwesenheit von Fremden sprang sie bei der Erwähnung eines Balls auf, klatschte in die Hände und sprang fast so hoch wie eine andere Parisot, während sie ihre Arme um Sir Henrys Hals warf: „Bete, lieber, lieber Papa." „Lass mich gehen, ich habe so viel von Bällen gehört!" Man kann annehmen, dass die Herren ihre Bitten energisch unterstützten: Nachdem sie mit ihren gemeinsamen Bitten Sir Henrys Zustimmung erhalten hatten, zogen sie sich schließlich zurück, während Selina ihren Dank und ihre Freude mit gleicher Ernsthaftigkeit und Naivität *wiederholte* .

„Nun, Sedley, was halten Sie von Miss Seymour?" rief Webberly aus , als sie gemächlich nach Hause ritten. „Beim Himmel! Sie ist ganz schön", erwiderte sein Freund . „Sie hat die schönsten Augen und Zähne, die ich je gesehen habe." – „Und auch schöne Eichen, sonst würde sie nie für mich reichen", entgegnete ihr berechnender Bewunderer. Es folgte ein paar Minuten langes Schweigen, das schließlich durch Sedleys Bemerkung unterbrochen wurde, dass „er noch nie solch eine Fülle von seidigem Haar gesehen hatte". „Für meinen Teil", fuhr Webberly fort , „mir gefallen schwarze Haare viel besser: Miss Wildenheim ist tausendmal schöner als Miss Seymour!"

Mr. Sedley widersprach dieser Bemerkung weder noch stimmte er ihr zu, sondern wandte sich mit scheinbarer *Lässigkeit* dem Thema Schießen und Jagen zu; das Vergnügungen versprach, war sein Anreiz gewesen, Webberly House zu besuchen. Das Gespräch wurde nicht wieder aufgenommen, und sie kehrten kaum rechtzeitig zurück, um sich für das Abendessen umzuziehen, was die besorgte Mrs. Sullivan als völlig „verdorben" bezeichnete, indem sie ihnen versicherte: „Die Köchin war immer arrangiert und uneinig, da sie lange Vorgespräche führten ." Reiten, das sie so liebten.

KAPITEL XIII.

„Alles ist nicht leer, dessen leiser Klang keine Hohlheit widerspiegelt."

König Lear .

Die Entschuldigung, die Mordaunt für seinen plötzlichen Abschied von Deane Hall vorgebracht hatte, entbehrte in Wahrheit nicht ganz jeder Grundlage: Denn er hatte tatsächlich eine Einladung erhalten, sich einer Gruppe von College-Freunden auf einer Tour zu den Seen anzuschließen; obwohl ein solcher Grund allein nicht ausgereicht hätte, um ihn von einer Szene loszureißen, in der sich alle seine Hoffnungen und Wünsche konzentrierten . Obwohl er ein begeisterter Bewunderer der Schönheiten der Natur war und darüber hinaus ein Meister des Zeichnens, reichten alle Reize des wilden Landes, das er damals besuchte, nicht lange aus, um seine Aufmerksamkeit zu fesseln; und mit aufgeregtem Geist und schmerzendem Herzen kehrte er Anfang September nach Oxford zurück, wo er am Ende des folgenden Semesters seinen endgültigen Urlaub nehmen wollte. Für ihn stand noch kein Beruf fest, denn sein Onkel, Lord Osselstone , dessen Titel er eines Tages erben sollte, hatte sich nie im geringsten in die Frage seiner Ausbildung eingemischt; und die Gewohnheit des Aufschiebens, die einer der Hauptfehler von Sir Henry Seymours Charakter war, hatte ihn bisher daran gehindert, die wichtige Entscheidung zu treffen. Somit war die Zeit der Minderjährigkeit von Herrn Mordaunt abgelaufen, bevor sein Vormund zu einer endgültigen Entscheidung bewegt werden konnte; und Augustus verschob nun seine eigene Entscheidung bis zu der Zeit, die bald kommen würde, in der er die Universität Oxford verlassen würde.

Die Trägheit des Gemüts, die Sir Henry Seymours Urteil träge gemacht hatte, hatte ihren trägen Einfluss nicht auf seine Gefühle ausgeweitet; und die Gleichgültigkeit, ja völlige Entfremdung jeglicher Rücksichtnahme, die Lord Osselstones Verhalten seinem Neffen gegenüber zu kennzeichnen schien, erzeugte in seinem Geist ein beträchtliches Maß an Groll. Nur ein einziges Mal, bevor er nach Oxford ging, hatte Augustus seinen Onkel getroffen. Denn als Mr. Temple von Sir Henry beauftragt wurde, Mordaunt bei seinem ersten College-Eintritt zu dirigieren, waren sie auf ihrem Weg durch London gegangen, mit der ausdrücklichen Absicht, seiner Lordschaft ihre Ehrerbietung zu erweisen. Aber sein Empfang ihnen gegenüber war so kalt und so demonstrativ höflich gewesen, dass Mordaunt keineswegs darauf bedacht war, die Bekanntschaft zu vertiefen; und doch hätte man annehmen können, dass man eher nach dieser Gelegenheit gesucht hätte, die Freundschaft von Lord Osselstone zu pflegen als von seinem Neffen abgelehnt. Denn alle beträchtlichen Güter des Grafen lagen in seiner eigenen Macht; und es war die allgemeine Meinung derjenigen, die vorgaben, ihn am besten zu kennen, dass er beabsichtigte, einen Mr. Davis zu seinem Erben zu machen, der ein entfernter Verwandter war und Lord Osselstone seit vielen Jahren genauso unermüdlich zugewandt hatte wie Mordaunt war das Gegenteil gewesen. Nicht , dass Augustus sich der Konsequenzen bewusst gewesen wäre, die eine solche Verfügung über dieses Eigentum für ihn haben könnte; Denn alles, was er von seinem Vater geerbt hatte, waren ein paar tausend Pfund, das Wenige, was von dem Anteil eines jüngeren Bruders übrig blieb, nachdem er ein Leben verbracht und schließlich dem Übermaß an Verschwendung geopfert hatte. Aber vielleicht hat diese Überzeugung auf beiden Seiten dazu beigetragen, die Barriere zwischen ihnen zu verstärken. Lord Osselstone schien bereit zu sein, zu glauben, dass jede Aufmerksamkeit, die sein Neffe ihm schenken könnte, aus interessierten Motiven hervorgehen müsse; und Mordaunt fürchtete sich davor, auch nur die geringe natürliche Zuneigung zu zeigen, die ihm noch in der Brust geblieben war, damit sie nicht als Verstellung ausgelegt werden könnte.

Eines von Lord Osselstones Anwesen lag nur wenige Meilen von Oxford entfernt, wo er im Allgemeinen jeden Sommer ein paar Monate verbrachte – denn er war ein aufrechter und rücksichtsvoller Grundbesitzer und legte im Laufe des Jahres gewöhnlich Wert darauf, alle seine Anwesen zu besuchen Jahr, um sich über den tatsächlichen Zustand seiner Mieterschaft zu erkundigen – nicht, dass er jemals dafür bekannt gewesen wäre, die Miete zu senken oder eine Schuld zu erlassen: Keine Bitte, keine Vertretung konnte ihn jemals dazu bewegen, selbst eine Vereinbarung zu brechen oder zu leiden es von einem anderen gebrochen zu werden. Und wenn er jemals feststellen sollte, dass seine Rechte verletzt oder sogar bestritten wurden, lehnte er bei der Verteidigung oder Verfolgung dieser Rechte keinerlei Härte oder Kosten ab . Er hatte oft ungerührt eine Geschichte gehört, die ein Herz aus Stein hätte durchbohren können; und sah mit unerbittlichen Augen, wie der arme Mann „ein einziges Mutterschaf" verkaufte, um die Mietrückstände zu bezahlen. Aber es kam nicht selten vor, dass der eiserne Gläubiger selbst der Käufer der Aktie zu einem Preis war, der weit über ihrem Wert lag; und der Pächter, wenn er es verdient, würde wahrscheinlich feststellen, dass der Verwalter seines Herrn im nächsten Jahr geneigt sein würde, ihm seinen Saatweizen zu überlassen, nicht umsonst, aber fast umsonst.

Eine Besonderheit im Charakter des Grafen war seine außergewöhnliche Neigung, selbst den natürlichsten Ausdrucksformen der Dankbarkeit keinen Glauben zu schenken und jegliches Zeugnis von Zuneigung zu sich selbst anzuzweifeln. Keine Möglichkeit war so sicher, irgendeinen Anspruch auf seine Gunst zu verlieren , als dass er auch nur die geringste Anspielung auf seine frühere Freundlichkeit machte; und einer der wenigen Diener, die jemals lange in seinem Dienst geblieben waren, war ein alter grauhaariger Kammerdiener, der ihn seit seiner Jugend treu begleitet hatte; und es war kaum bekannt, dass er seiner Meinung zustimmte oder zögerte, seine Missbilligung auf das Schärfste zum Ausdruck zu bringen. Doch selbst Lord Chesterfield konnte die Perfektion der Höflichkeit nicht besser verstehen als Lord Osselstone oder sie zu seiner ständigen Praxis im Umgang mit der Welt im Allgemeinen machen. Wie sehr sich seine wirklichen Gefühle auch von denen seiner Gefährten unterscheiden mochten, er achtete stets darauf, die scharfen Seiten des Widerspruchs so gut abzumildern, dass kein Schnittpunkt übrig blieb, der die Gefühle anderer verletzen könnte; während sein eigenes für jedes Auge undurchdringlich blieb. Alle erkannten, dass er ein gerechter Mann war, und jedermann *fühlte* sich stolz; aber so würdevoll sein Benehmen auch gegenüber seinesgleichen war, für seine Untergebenen war sein Stolz mit einer Freundlichkeit überzogen, die ihn zwar noch auffälliger machte, ihm aber fast Verzeihung erkaufte.

Farben zu bestehen, die man selten findet, aber alle so stark lackiert, dass ihre bloße Helligkeit verwirrte. Es schien eine Ansammlung von Widersprüchen zu sein, die durch eine fremde Kraft zu einem undefinierbaren Ganzen zusammengepresst wurden. Seine Tugenden und seine Laster standen so eng beieinander, dass es schwierig war, die Trennlinie zwischen ihnen zu ziehen, und beide schienen ihren Ursprung entweder einem vorübergehenden Fehler oder einer allgemeinen Überlegenheit seines Urteils zu verdanken; Alle seine Handlungen schienen nur aus seinem Kopf zu kommen – sein Herz wurde nie ins Spiel gebracht. Es war schwer zu entscheiden, ob die feineren Gefühle in seiner Brust wirklich erloschen waren; oder ob er aus Angst vor der Macht, die die Leidenschaft an sich reißen könnte, ihr nicht einen Moment lang erlaubte, die Zügel zu übernehmen. In seiner allgemeinen Einrichtung war er großartig; in den Einzelheiten seiner Anordnungen war er fast sparsam. Seine Wohltätigkeit war eher protzig als gütig; denn obwohl sein Name auf jeder Liste öffentlicher Spenden stand, trat er nie persönlich als Wohltäter des armen Mannes hervor. Niemand, der die Urbanität von Lord Osselstones Manieren erlebte, konnte glauben, dass er sein eigener individueller Feind war; und doch konnte sich niemand auf das ruhige Vertrauen verlassen, dass Lord Osselstone sein Freund war. Es war offensichtlich, dass er, wenn er kein Höfling gewesen wäre, ein Menschenfeind gewesen wäre.

Im Gespräch war er im Allgemeinen zurückhaltend; aber wenn die Umstände eine Anstrengung von ihm verlangten, schienen seine Fähigkeiten mit der Gelegenheit zu wachsen, und seine Vielfalt an Informationen, seine Eleganz der Sprache und sogar die gelegentliche Verspieltheit seiner Fantasie machten ihn zu einem der angenehmsten Gefährten. In allem, was Lord Osselstone tat, in allem, was Lord Osselstone sagte, in allem, was er betrachtete, konnte man eine Intensität des Nachdenkens entdecken; die sich keineswegs auf die Oberfläche beschränkte, sondern umso tiefer zu werden schien, je tiefer sie untersucht wurde. Sein Charakter war ebenso wie sein Benehmen für vulgäre Augen nicht zu entziffern. Er war im Allgemeinen ernst – nie langweilig; und manchmal war sein Witz sogar sportlich. Doch wenn Lord Osselstone am fröhlichsten war, konnte man ihn kaum als fröhlich bezeichnen. In den Momenten seiner größten Hochstimmung, wenn ein bewunderndes Publikum an seinen Worten hing oder einige wenige Begünstigte die Funken der Belebung des vor ihnen aufblitzenden Meteors wahrnahmen und ihre ganze vorübergehende Brillanz aus dem elektrischen Feuer seiner Talente bezogen; selbst in diesen Momenten schien Lord Osselstone kaum glücklich zu sein; – die Helligkeit der Ausstrahlung war für sie; – der dunkle Körper blieb sein eigener; und nur wenige besaßen die Fähigkeit oder die Neigung, in die dichte Umgebung einzudringen, die seine Seele immer noch zu umgeben und zu verdunkeln schien.

Im ersten Jahr, in dem Mordaunt das College besuchte, hatte Lord Osselstone keine Fortschritte bei der Pflege der Bekanntschaft gemacht, die so ungünstig begonnen hatte; Denn abgesehen von einer ganz flüchtigen Begrüßung bei einer zufälligen Begegnung auf der Straße hatte Augustus keinerlei Anzeichen von Anerkennung erhalten. Und vielleicht wurde diese Unaufmerksamkeit noch beschämender, denn wann immer Lord Osselstone in der Nähe von Oxford war, empfing er im Allgemeinen viel Gesellschaft in seinem Haus; und mehrere der jungen Männer dort, deren Verbindungen zu den Mitarbeitern seiner Lordschaft in London gehörten, stellten ihn vor und nahmen häufig an der eleganten Gastfreundschaft teil, die immer seinen Tisch zierte. Ja, viele Mitglieder des Colleges, an dem Augustus war, und einige seiner besonderen Freunde erhielten ständig Einladungen nach Osselstone Park, von dem er allein anscheinend heimtückisch ausgeschlossen war. Als Mordaunt im folgenden Jahr ans College zurückkehrte, war er sehr überrascht, als er im Laufe der letzten Woche eines Semesters eine formelle, aber höfliche Einladungskarte zum Abendessen erhielt, an die er eine noch formellere Entschuldigung richtete, was die meisten betrifft er war froh, dass er als Entschuldigung seine geplante Rückkehr nach Deane Hall anführen konnte; und dementsprechend verließ er Oxford genau an dem Tag, den sein Onkel für seinen Empfang bestimmt hatte. Allerdings kehrte er nicht sofort in die Halle zurück. Obwohl Augustus die Exzesse verabscheute, in die sich so viele seiner Zeitgenossen gedankenlos stürzten, war er dennoch nicht abgeneigt, den Kelch des Vergnügens, wenn er in seine Reichweite gelangte, auch nur ein wenig zu kosten; und übernahm daher gewöhnlich die in Oxford am weitesten verbreitete Geographie, durch die nachweislich nachgewiesen wird, dass London von dort aus der direkte Weg zu jedem anderen Ort in England ist. Man hatte ihm damals nicht beigebracht, dass der Verlust der Gesellschaft von Selina Seymour für kurze Zeit ein unwiederbringlicher Verlust war; und die Theater und die Freuden Londons waren für ihn neu genug, um ihn zu verzaubern, und zwar sogar für längere Zeit. Es war genau diese Jahreszeit, in der ein Londoner Winter zu verebben beginnt, nicht in einen gesunden Frühling, sondern in einen unwillkommenen Sommer, und in der die sterbende Glut der Fröhlichkeit nur durch ein paar erzwungene Funken unermüdlicher Zerstreuung am Leben erhalten wird. Aber für Augustus, der nicht in die volle Flamme geblickt hatte, hatten selbst diese einen Reiz; und er besuchte mit unstillbarem Vergnügen alle damals geöffneten öffentlichen Vergnügungsstätten.

Eines Abends in der Oper, wohin er mit einigen seiner Studienfreunde in einem Zustand der Hochstimmung gegangen war, der zwar weit entfernt von einem Rausch war, sich aber ebenso von seiner üblichen Stimmung unterschied, während er im Vorzimmer stand Er lachte ziemlich lautstark über eine lächerliche Beobachtung seiner Gefährten und sein Blick blieb plötzlich auf dem Gesicht von Lord Osselstone hängen, der mit unbewegtem Gesichtsausdruck und festem Blick die Gruppe mit äußerster Aufmerksamkeit musterte , während sie sich seiner Nähe überhaupt nicht bewusst waren. Augustus' Farbe stieg; und der verwirrte Gedanke, dass er das eigentümliche Objekt der Beobachtung seines Onkels sei, ging ihm durch den Kopf, und so steigerte er die Lebhaftigkeit seiner Art eher, als dass sie sie zügelte. „Lord Osselstones Kutsche stoppt den Weg", wiederholte sich von Stufe zu Stufe auf der hallenden Treppe; und während der Earl in der Nähe von Mordaunt vorbeiging, während dieser dem lautstarken Ruf Folge leistete, blieb er absichtlich stehen und bemerkte, dass „Mr. Mordaunts Besuch bei Sir Henry Seymour viel kürzer als gewöhnlich gewesen war", und verneigte sich tief. und setzte seinen Weg fort, ohne eine Antwort abzuwarten; was in Mordaunts damaligem Gemütszustand wahrscheinlich nicht gerade freundlich gewesen wäre, so empört er sich darüber, dass Lord Osselstone seine einzige Anerkennung ihm gegenüber in Form eines stillschweigenden Tadels zum Ausdruck gebracht hatte. Hier endete wiederum der Verkehr zwischen Onkel und Neffe; denn als Augustus wieder ans College zurückkehrte, war die Einladung nicht erneuert worden; und obwohl er in der letzten Prüfung drei verschiedene Preise und damit auch die Komplimente aller seiner Freunde erhalten hatte, hatte Lord Osselstone seinen Triumph schweigend miterlebt, obwohl er sich zufällig an diesem Tag in Oxford, ja sogar in der Schule befand .

Als Mordaunt am Ende seiner nördlichen Reise in Oxford ankam, waren seine Gedanken so sehr in Anspruch genommen, dass er sich nicht einmal die Mühe machte, nachzufragen, ob der Earl damals in der Nachbarschaft sei . Doch als er eines Abends eine abgelegene Straße am Flussufer entlangschlenderte und sich mehr auf die schmerzhaften Gedanken seines eigenen Geistes konzentrierte als auf ein Buch, das er mechanisch in der

Hand hielt, wurde er plötzlich durch das Geräusch aus seinen Meditationen gerissen von einer Kutsche, die wütend hinter ihm herkam; und als er sich umdrehte, bemerkte er einen Herrn, der allein in einer Kutsche saß, deren Pferde sich mit höchster Geschwindigkeit näherten und offensichtlich unbändig waren. Die wütenden Tiere steuerten direkt auf den Fluss zu, und wenn ihr Kurs nicht behindert wurde, erwartete ihr unglücklicher Fahrer unvermeidlich sofortige Zerstörung. Diese Überlegung und seine daraus resultierende Entschlossenheit waren nur eine vorübergehende Anstrengung von Augustus' Geist. Er warf sein Buch weg und sprang mitten auf die Straße. und obwohl der Herr laut ausrief: „Passen Sie auf sich auf – ich komme mit ihnen nicht klar", behielt er absichtlich seinen Standpunkt bei, und als die Pferde die Stelle erreichten, gelang es ihm geschickt, die Zügel zu ergreifen und den Wagen anzuhalten. Durch die Plötzlichkeit des Rucks brach jedoch leider der Achsschenkel und der Herr schleuderte ein Stück weit auf die Straße. Auf seinen Sturz folgte augenblicklich ein tiefes Stöhnen; und Augustus verspürte die schmerzliche Überzeugung, dass, obwohl seine Geistesgegenwart sicherlich das Leben des Fremden unter der unmittelbaren Gefahr seines eigenen gerettet hatte, ihm doch gerade diese Tat offensichtlich großes Leid bereitet hatte. Er zögerte, was er tun sollte: Die Pferde, die durch den Lärm, den das Zerbrechen der Kutsche verursachte, noch mehr erschrocken waren, gerieten fast in Wut; und es war alles, was er tun konnte, um seinen Halt zu behalten, während der arme, leidende Mann hilflos auf der Straße lag. Endlich erschienen zwei Pferdeknechte, die einander schnell verfolgten, mit Zeichen größter Bestürzung auf ihren Gesichtern; und während einer von seinem Pferd sprang, um seinem Herrn zu helfen, befreite der andere Augustus von seinem lästigen Angriff. Die Livree von Osselstone verkündete den Namen des Fremden, da Augustus sein Gesicht noch nicht gesehen hatte, und die Entdeckung steigerte seinen Kummer nur : „Guter Gott, mein Onkel! Sind Sie sehr verletzt, lieber Herr?" rief er mit einem Ton des Mitleids, fast der Zuneigung. Beim Klang seiner Stimme drehte der Earl träge den Kopf, während sein Diener ihn stützte; und indem er eine Hand ausstreckte, ergriff er die des Augustus und drückte damit stillschweigend, aber nicht uneloquent, seine Dankbarkeit gegenüber seinem Beschützer aus. Augustus flog an die Seite des Flusses, holte etwas Wasser aus seinem Hut und spritzte es sich übers Gesicht, was ihn in wenigen Augenblicken so sehr belebte, dass er seinen Dank aussprechen konnte, den Augustus mit freundlichen, besorgten Blicken unterbrach , mit Erkundigungen über die Verletzung, die er offenbar bei seinem Sturz erlitten hatte. Bald stellte er fest, dass ein Arm gebrochen war und Lord Osselstone ansonsten so sehr verletzt war, dass es schwierig war, ihn aus der Position zu bewegen, in der er lag. Ohne einen Augenblick nachzudenken und seinen Plan kaum zu erklären, sprang er auf eines der Pferde des Stallknechts und war in wenigen Augenblicken außer Sicht. In der Tat waren seine

Bewegungen so schnell, dass man ihn, noch bevor man annehmen konnte, dass er Oxford überhaupt erreicht hatte, in einer gemieteten Kutsche mit vier Personen zurückkommen sah, begleitet von einem der ersten Chirurgen dieser Stadt, der alles Nötige mitbrachte die Unterkunft seines Onkels.

Osselstone zu entfernen , wurde der gebrochene Knochen fixiert; Die Diener halfen ihm dann vorsichtig in den Wagen, der Chirurg nahm seinen Platz an einer Seite von ihm ein, während Mordaunt ihn ungebeten auf der anderen Seite stützte; und dann forderte er die Fahrer auf, vorsichtig nach Osselstone Park zu fahren , und überließ es den Pferdepflegern, sich um die kaputte Equipage zu kümmern.

Obwohl Augustus noch nie zuvor die Tore dieser Residenz seiner Vorfahren betreten hatte, hatte die herrliche Landschaft nicht die Macht, seine Aufmerksamkeit auch nur für einen Moment von seinem leidenden Herrn abzulenken. Zusätzlich zu der natürlichen Güte seines Herzens, die ihn dazu gebracht hätte, jeden Mitmenschen in einer ähnlichen Situation zu bemitleiden, empfand er aufgrund seiner Verfeinerung des Gefühls einen zusätzlichen, wenn auch sicherlich unnötigen Schmerz, weil er in irgendeiner Weise nachsichtig gewesen war der gegenwärtige Schmerz; und seine umsichtige und unermüdliche Fürsorge ähnelte der eines Sohnes für einen geliebten Vater. Er wachte die ganze Nacht am Bett seines Onkels und konnte kaum dazu bewegt werden, es zu verlassen, um etwas zu essen, bis der Chirurg am dritten Tag erklärte, der Earl sei außer Gefahr.

Unterdessen beobachtete Lord Osselstone , dem keine Beschwerde jemals über die Lippen kam, so schmerzhaft die Operationen auch waren, die er sich unterziehen musste, jede Veränderung im Gesichtsausdruck seines Neffen mit prüfender Aufmerksamkeit; und als er nach ein paar Tagen in der Lage war, sich aufzusetzen und in den Diskurs einzusteigen, schien ihm der bescheidene Sinn für Augustus' Bemerkungen, die manchmal von gelegentlichen Ausbrüchen eines Genies, das seinem eigenen nicht ganz unähnlich war, belebt waren, nicht ganz zu entgehen Beobachtung der Lordschaft. Sobald der Graf jedoch sein Zimmer verlassen konnte, verabschiedete sich Augustus mit der Begründung, dass seine Dienste nicht länger nützlich sein könnten, weil er Lord Osselstones höfliche Einladung, seinen Aufenthalt zu verlängern, nicht angenommen hatte. Das war in der Tat sein einziger Grund, sich so bald von seinem Onkel zu trennen, an den er jetzt mit ganz anderen Gefühlen dachte als früher — so natürlich ist es für den menschlichen Geist, eine Vorliebe für diejenigen zu entwickeln, die wir in uns hatten Macht zum Nutzen.

Diese Gefühle wurden jedoch bald durch den Erhalt der folgenden Nachricht gedämpft, begleitet von einer wunderschönen Ausgabe von Horaz und einigen anderen Klassikern :

„Lord Osselstone überbringt Herrn Mordaunt seine Komplimente und hat die Ehre , ihm als Gegenleistung für seine späten zuvorkommenden Aufmerksamkeiten einige Bücher zu schicken, von denen er um seine Annahme bittet.“

„Meine Aufmerksamkeiten sind nicht zu erkaufen“, rief Augustus, als er, vielleicht zu empört, den Zettel zerriss. „Es ist auch nicht wahrscheinlich, dass mein edler Onkel meine Zuneigung gewinnen wird“, fügte er seufzend hinzu. Dann verfasste er hastig die folgende Antwort und gab dem Diener, der sie gebracht hatte, die Bücher zurück:

„Herr Mordaunt überbringt Lord Osselstone seine Komplimente und bittet ihn, ihm zu versichern, dass alle Aufmerksamkeiten, die er in seiner Macht hatte, um seine Lordschaft zu zeigen, im Moment durch die Überzeugung, dass er in irgendeiner Weise zum Wohlergehen von beigetragen hat, hinreichend belohnt wurden sein Onkel."

Als sich der Earl zum ersten Mal in seiner Kutsche hinauswagen konnte, besuchte er Mordaunts Gemächer. Da er jedoch gerade nicht zu Hause war, trafen sie sich nicht, bevor Seine Lordschaft das Land verließ – ein Umstand, den Augustus keineswegs bereute.

KAPITEL XIV.

Dies ist der Feiertag meiner Dame.
Also betet, lasst uns fröhlich sein.

Vierundzwanzig Fiddler, alle hintereinander .

Während Mordaunt in Oxford damit beschäftigt war, hatte sich Mrs. Sullivan einer Reihe von Spekulationen hingegeben, deren Ziel darin bestand, ihrem geliebten Sohn die reiche und schöne Erbin von Deane Hall zu sichern . Um ihm eine günstige Gelegenheit zu geben, seine Ansprachen an Miss Seymour zu richten, beschloss die besorgte Mutter, den Ball zu geben, zu dem er persönlich eingeladen worden war; und sobald Sir Henry die gewünschte Antwort gegeben hatte, begannen unverzüglich die Vorbereitungen für die Unterhaltung. Es wurde *nem vereinbart . con.* dass eine *überfüllte* Unterhaltung modischer sei als eine ausgewählte; und deshalb sollte jede Person im Umkreis von zwanzig Meilen, die irgendeinen Vorwand für *besuchbar erklärte* , in den Dienst gedrängt werden. Mr. Webberly und die Herren, die bei ihm wohnten, reisten nach York, um so viele Beaux wie möglich anzuwerben; während Mrs. Sullivan nach London schrieb, um provisorische Räume, Transparente, farbige Lampen, Polsterer, Musiker und Konditoren zu engagieren.

Vierzehn Tage vor dem wichtigen Tag herrschte im Webberly House alles herrschte Verwirrung. Die üblichen Möbel wurden in die Flucht geschlagen; Schlafzimmer wurden in geschmackvolle Kartenzimmer und Vorratskammern in wunderschöne Boudoirs umgewandelt; während all die verschiedenen Operationen von einem unaufhörlichen Lärm des Hämmerns, Scheuerns, Schimpfens und Streitens begleitet waren.

Miss Webberly und ihre Schwester hielten sich vom Schauplatz des Geschehens fern und spielten lieber Billard oder ritten mit Mr. Sedley und den anderen Herren, anstatt ihrer Mutter die geringste Hilfe zu leisten, die ihr Unternehmen zehnmal am Tag bereute. Aber Adelaide war nicht so egoistisch; und sobald sie Mrs. Sullivans Verwirrung bemerkte, gab sie ihre gewohnten Beschäftigungen auf, um ihre Hilfe anzubieten. „Na ja", dachte Mrs. Sullivan, „ich wünschte, Meely und Cilly wären so diskret wie dieses arme Kind. Aber es ist nicht ihre Schuld, ihr Lieben. Ich habe sie nie zu Sparsamkeit erzogen; und ich wage zu sagen, Ihre Nase hat sich gut an den Schleifstein gehalten, wie es sich für ihresgleichen gehört. Meine Töchter, Gott segne sie, haben einen seltenen eigenen Geist!" (Wäre zum Himmel, es wäre ein seltener Geist!)

Miss Webberly war der Meinung, dass das Kreiden des Bodens im Tanzsaal eine gute Gelegenheit bieten würde, ihr Wissen über die schönen Künste unter Beweis zu stellen, und schloss sich zunächst Adelaide bei dieser Aufgabe an. Doch als sie schnell merkte, dass das Knien auf blanken Brettern ermüdender war als das klassische, ließ sie sich nach einer Viertelstunde zurück, um es alleine zu Ende zu bringen, mit der Bitte, bei der Einführung der Webberly-Arme nicht sparsam zu sein . Die Sullivan- Ehrungen wurden nicht erwähnt ; denn obwohl diese Familie ihren Stammbaum *über die Flut hinaus zurückverfolgen konnte* , hatte man in London noch nie von ihr gehört und war daher wertlos.

Um neun Uhr am vereinbarten Abend betrat Mrs. Sullivan das Empfangszimmer; Als er Adelaide bereits dort sah, sagte er: „Stimmt, Fräulein Wildenheim , Sie sind immer bereit. Ich schaffe es nie, meine Mädels rechtzeitig dorthin zu bringen. Sind Sie so freundlich, mir zu helfen, das Licht auszumachen?" Sie sind da , Ausrüster? Sie können eine Weile ausgeschaltet bleiben, denn keiner der Herren ist noch nicht angezogen, und wir können sie wieder anzünden, wenn die Leute an die Tür kommen, wissen Sie − ich liebe es, vornehme Sparsamkeit zu praktizieren ." Adelaide führte ihren Auftrag aus; und ihre Begleiterin untersuchte dann mit größter Aufmerksamkeit ihre Kleidung; und als ihr Blick von den wunderschönen Verzierungen angezogen wurde, die ihr üppiges Haar begrenzten und mit ihm vermischt waren, rief sie: „La! Was für schöne Perlen haben Sie doch getragen − die Ihrer Mutter, nehme ich an, Fräulein . " „Ja, gnädige Frau", antwortete Adelaide traurig, „sie hatte eine große Menge Perlen, die für meinen Gebrauch neu angefertigt wurden." „ Sehr ähnlich, Fräulein, sehr ähnlich", erwiderte die verächtliche Dame; und indem er sich verächtlich von ihr abwandte, eilte er in einen anderen Teil des Zimmers und murmelte: „Oh, was für eine Boshaftigkeit dieser Welt !"

Adelaide war in die letzte Phase *echter Trauer gekleidet* , die aufgrund ihres keuschen Farbkontrasts vielleicht die eleganteste Kleidung ist, die eine schöne Frau tragen kann, da sie einen Schleier über die Lieblichkeit zu werfen scheint, die sie in Wahrheit verschönert . Ihre geistigen und persönlichen Reize wurden durch das gleiche Gewand des Kummers gemildert; und vielleicht ihre Schönheit,

" Daher gemildert zu diesem zarten Licht,
das der Himmel bis zum strahlenden Tag verweigert.

war gewinnender, als wenn sie in ihrer ursprünglichen Helligkeit leuchteten. Sie wurde aus einer Reihe trauriger Überlegungen gerissen, die die Erwähnung ihrer Mutter in ihrem Kopf ausgelöst hatte, durch das Geräusch von Kutschen und durch den Ausruf von Mrs. Sullivan: „So sicher wie der

Teufel in Lunnon, hier sind sie, Miss Wildenheim . " „Zünde die Messingkerze an, während ich den Hahn dieser Lampe drehe." und die Aufgabe war gerade erledigt, als eine große Gruppe den Raum betrat.

Der *Coup d'œil* , den Webberly House nun präsentierte, war wirklich wunderschön; denn aus London kann man alles an Dekoration, sogar Geschmack, beschaffen. Das Vestibül und die darin mündenden Räume waren mit Kränzen aus Blumen, Lorbeerbäumen und bunten Lampen sowie mit wunderschön gestalteten und gut ausgeführten Transparenten geschmückt. Die Fenster blieben offen und zeigten die prächtig beleuchtete *chinesische* Brücke, die wie ein Lichtbogen in der umgebenden Dunkelheit strahlte. Die geschnitzten Arbeiten der Veranda waren vollständig mit Kränzen aus farbigen Lampen durchzogen; und nicht weniger prächtig waren die Grotte und die Einsiedelei, die in geringer Entfernung vom Haus so eingerichtet waren, dass sie den Räumen konkurrierender Gastronomen ähnelten. Bei ihrem Eingang hatte Cecilia ihre eigene Magd und ihren Diener aufgestellt, um Erfrischungen zu verteilen; und sie war einige Tage lang eifrig damit beschäftigt gewesen, ihnen so viel Französisch beizubringen, wie ihre Fähigkeiten und ihr Wissen ihnen erlaubten, wofür der Slang der einen und der Cockney-Dialekt der anderen sie vortrefflich qualifizierten. Eine provisorische Passage führte zum Bahnhof dieser Pseudo-Pariser, der bald zum Lieblingslokal des Abends wurde, da die ständigen Fehler, die sie bei den Namen aller von ihnen angebotenen Erfrischungen machten, so viel Gelächter hervorriefen, dass alle Besucher auffielen Ich werde Sie auf jeden Fall weiterempfehlen, um die ihnen gebotene körperliche und geistige Unterhaltung zu genießen.

Als sich die Gesellschaft zum ersten Mal versammelte, wurde auf dem Rasen ein brillantes Feuerwerk abgefeuert, und gerade als die letzte Rakete aufstieg, betraten Frau Martin und ihre Nichte den Ballsaal. Sie waren auf verschiedene Schwierigkeiten hinsichtlich der Beförderung gestoßen, die ihre Ankunft so lange verzögert hatten.

Unglücklicherweise für sie hatte die Gesellschaft in diesem Augenblick nichts Unterhaltsameres zu tun, als nach lächerlichen Motiven zu suchen; und im Kleid der armen Lucy Martin fanden sie ein weites Feld. Ihr *früherer* blauer Spencer war unter der Aufsicht von Miss Slater, die ihr mitgeteilt hatte, dass „ganze Kleider völlig out waren, da alle Damen in London jetzt Delfinkleider trugen", in einen modischen Body für einen neuen rosa Unterrock verwandelt worden. „von denen keine zwei Teile die gleiche Farbe hatten . " Fast der gesamte Prunk von Mr. Slaters Laden war ihr anvertraut worden; und es wäre für den größten Kenner der Tönung unmöglich gewesen, zu entscheiden, welche die vorherrschende Farbe in ihrem Kleid war; aber als sie und ihre Tante nicht durch die Vorstellung, dass sie „ziemlich klug" sei, glücklich gemacht wurden, erschien sie den anderen Die Art und Weise, wie sie die Gesellschaft in einem äußerst lächerlichen Sinne geführt hätten, hätte keinerlei Konsequenzen gehabt, wenn ihnen nicht die unangemessene Extravaganz für lange Zeit viele fast notwendige Annehmlichkeiten vorenthalten hätte, wofür die Zurschaustellung dieses Abends nur einen dürftigen Ausgleich bot.

Bevor die gefühllose Menge ihre Kommentare zu dem merkwürdigen Geschmacksexemplar des bewusstlosen Mädchens mehr als zur Hälfte beendet hatte, wurde ihre Aufmerksamkeit durch die Ankunft von Sir Henry Seymour abgelenkt, der mit der ganzen Förmlichkeit des *Vieille Cour* betrat das Zimmer, mit einem *Chapeau de Bras* unter einem Arm und Mrs. Galton, die sich auf den anderen Arm stützte. An ihrer Seite ging Selina in schmuckloser Schönheit, ihre Augen funkelten vor Freude über all die Wunder, die sich ihren Augen boten, und sie ahnte überhaupt nicht, dass sie selbst die Göttin der feenhaften Szene der Lust war. Alle Augen waren auf ihr strahlendes, lächelndes Gesicht gerichtet ; und selbst der Neid verzeihte im Moment solche unprätentiösen Reize. Mr. Webberly hatte darauf gewartet, den Ball mit Selina zu eröffnen, und führte sie sofort in den oberen Teil des Raumes, wo sie, ohne sich der Vorrangstellung bewusst zu sein, so völlig von der Schönheit und Vielfalt der Dekorationen gefesselt war Sie hörte weder zu, noch verstand sie die überschwänglichen Komplimente, die er ihr augenblicklich machte. Obwohl sie in der modischen Kunst des Tanzens wenig bewandert war, konnten die natürliche Anmut und Lebhaftigkeit aller ihrer Bewegungen und die ungewöhnliche Schönheit ihrer Person diesen Mangel mehr als ausgleichen; und wenn ihr bei den Zahlen, die sie nicht gewohnt war, zufällig ein Fehler unterlief, lachte sie so unschuldig und so herzlich über ihre eigenen Fehler und zeigte dabei so strahlende Zähne und verschwindende Grübchen, wie jemand, der mehr in den Künsten der Koketterie geübt wäre, es tun würde absichtlich dieselben Fehler begangen und sie dadurch gesühnt haben.

Von dem Moment an, als Miss Seymour das Zimmer betreten hatte, hatte Mr. Sedley jede ihrer Bewegungen beobachtet; und als er beim Tanz zufällig hinter Webberly stand, konnte er nicht anders, als auszurufen: „Bei Gott, Jack, wenn du dieses Mädchen bekommst, wirst du ein glücklicher Hund sein." Webberly warf einen Blick auf seine reizende Partnerin, in dem sich echter Jubel auf lächerliche Weise mit gespielter Verachtung vermischte; und zuckte mit den Schultern und antwortete: „Sie ist jetzt halb wild, wir müssen ihr ein wenig Mode geben, wenn sie zu uns kommt." Sedley machte auf dem Absatz kehrt und schloss sich einer Gruppe junger Männer an, die sich lautstark über die Reize äußerten, die er zu verachten vorgab. Auch Sedley schloss sich ihrem Lob an; Denn obwohl seine warme Bewunderung erregt war, war sein Herz noch nicht ausreichend interessiert, um im Ausdruck seiner Gefühle eine Vorsicht zu erzeugen; und als die ganze Gesellschaft ihr

Bestreben bekundete, ihr vorgestellt zu werden, prahlte er lachend mit seinen früheren Ansprüchen und beeilte sich, ihre Hand für die beiden folgenden Tänze zu sichern. Und nun, so ein Autor aus der Zeit von Königin Bess, „einige schlenderten, andere hüpften, und einige zerhackten es dabei, und einige waren wie das hüpfende Reh und einige wie der majestätische Löwe."

Adelaide allein lehnte jede Aufforderung ab, an der Feier teilzunehmen; und als Mrs. Temple sie drängte, einige der zahlreichen Partner anzunehmen, die um ihre schöne Hand kämpften, antwortete sie mit einem traurigen Gesichtsausdruck: „Liebe Mrs. Temple, fragen Sie mich nicht; dieses Kleid war sicherlich nie zum Tanzen gedacht . " Als sie dies sagte, senkte sie den Blick, um ihre wässrigen Besucher zu verbergen. Sedley, der ihre Beobachtung belauscht hatte, nutzte diese Gelegenheit, um ihre perfekten Gesichtszüge zu untersuchen. Er dachte, er hätte sie noch nie so hübsch gesehen wie in diesem Moment

„Auf ihren Augenlidern saßen viele Grazien, Unter dem Schatten ihrer ebenmäßigen Brauen."

und rief im Geiste: „Der Zopf aus dunklem Haar, der diese helle Stirn begrenzt, ‚so ruhig, so rein und doch beredt', ist in der Tat ein wunderschöner Kontrast! Von allen Kleidern steht ihr sicherlich das am besten, es harmoniert so sehr mit ihrem Stil." Antlitz;

„Ein Schatten mehr, ein Strahl weniger,
Hatte die namenlose Gnade halb beeinträchtigt ,
Das weht in jedem Rabenhaar,
Oder ihr Gesicht wird sanft heller.

Sedley begann in Gedanken die Vorzüge von blondem und brünettem Teint, Augen von betörender Lebhaftigkeit oder rührender Weichheit, Haar von glänzendem Schwarz oder seidenbraunem Haar und, kurz gesagt, die verschiedenen Reize zu vergleichen, die sich zu den perfekten Modellen der gegensätzlichen Stile vereinten Schönheit, die Selina und Adelaide präsentierten, als er von dieser angenehmen Beschäftigung abgelenkt wurde, indem Mrs. Sullivan ihm ins Ohr schrie: „Law! Mr. Sedley, ich wünschte, ich wüsste , was Sie tun. "eine braune Studie für; da ist meine Tochter Cilly , die sich die ganze Zeit *darüber aufregt, mit dir zu tanzen*. Natürlich konnte er dieser Aufforderung nicht widerstehen und führte sie sofort zu den Tänzern, ohne es zu bereuen, dass das Bühnenbild fast fertig war.

Als Cecilia vorbeikam, überladen mit Putz und überladen mit Schmuck, rief Mrs. Temple aus: „Mein Gott! Wie hat es dieses hübsche Mädchen geschafft, sich selbst zu entstellen! Es ist kein Wunder, dass sich ihre Mutter darüber beschwerte, dass sie sich so lange anzog: Ich hoffe, Meine liebe Frau Wildenheim , Sie werden solchen Torheiten niemals nachgeben. Adelaide antwortete lächelnd: „Ich kann das erste Axiom der Mechanik nicht umkehren und von der Arbeit auf der Toilette sagen , *dass wir an Kraft gewinnen, was wir mit der Zeit verlieren* .“ „Niemals, mein liebes Mädchen, solange du lebst, erwähne das Wort *Mechanik* noch einmal, sonst würdest du dich für eine gelehrte Dame halten; dieses Verbrechen wird in diesem Land mit Folterungen bestraft, die weitaus härter sind als die *peine forte et dure* des altes französisches Recht. Ich versichere Ihnen, in England ist der Ruf der *Femme Savante* kaum weniger abscheulich als der der *Femme Galante* . Ein Narr mit Jugend und Schönheit mag durchaus *recherchée sein , aber keine geistige oder körperliche Perfektion kann den Makel* des *Lernens* wiedergutmachen eine Frau!" Mrs. Temples Aufmerksamkeit wurde nun dadurch erregt, dass sie sah, wie Mrs. Sullivan einem *soi-disanten* Beau die Ehre erwies, der kaum hörte, was sie sagte, da er darauf bedacht war, die Aura echter Mode zu kopieren, die bei Mr. Sedley so auffällig war. „Das hier ist der Werberaum, Sir – das dort ist das Kühlhaus zum Trinken von O-Shot – und da ist meine Tochter Meely, und da ist die andere meine Cilly – wir nennen den einen Grace and Dignity und den anderen Little Elegance – ich bin Natürlich müssen Sie zugeben, dass wir ihnen sehr schmähliche Namen gegeben haben. – Sehen Sie, Sir, Meely hat das alles selbst gemacht [11], ausschließlich aus ihren eigenen Täuschungen; ich versichere Ihnen, Sir, sie ist kluge Wunderkinder . " Mrs. Temple, die feststellte, dass Mrs. Sullivans Rede jeglichen Anstand völlig untergräbt, verließ die gefährliche Nachbarschaft und ging mit Adelaide durch das Zimmer, um ihr eigenes Gesicht zu verbessern und ihrer jungen Freundin die Namen und Namen mitzuteilen Charaktere der Gäste, die sie nicht kannte. „Wer ist dieses hübsche, unschuldige Mädchen, das neben der Transparenz von Mirth und ihrer Crew sitzt, den Kopf auf die Seite gelegt und den Blick so bescheiden gesenkt?“ „Ich wage zu sagen, Fräulein Wildenheim , sie sagt in diesem Moment mit gespielter *Naivität* etwas zu dem Herrn neben ihr, was *dieser* für unbeantwortbar hält. Sie ist eine höchst unverbesserliche kleine Flirtin; und da sie kein Dummkopf ist, ist ihr Gespräch im Gange Meiner Meinung nach ist sie ziemlich verwerflich. Sie war die Tochter eines armen Baronets aus dieser Grafschaft und wurde, um ihren Mangel an Vermögen auszugleichen, auf die einfachste Art und Weise erzogen, indem sie zum Beispiel die Gewohnheit hatte, ihre Kleidung selbst zu bügeln und auf den Markt zu gehen. Gegen die Zustimmung ihrer Freunde heiratete sie einen *kleinen* Pfarrer, dem es außer einem gutaussehenden Menschen und angenehmen Manieren kaum etwas zu empfehlen gab, und nichts außer einem Pfarrer, der ihn und seine schöne junge Frau unterstützte. Sie leben jetzt bei seiner Mutter, die kümmert sich um ihre Kinder, der Vater ist zu ständig mit Angeln, Jagen und Schnarchen beschäftigt, die Mutter ist zu ständig damit beschäftigt, sich anzuziehen, zu tanzen, zu singen und zu flirten, als dass sie Zeit für die Erfüllung ihrer Pflicht gegenüber ihren Sprösslingen finden könnten. Zart wie sie aussieht, Sie wird jede Anstrengung auf sich nehmen, um einen Ball oder eine Party zu besuchen. Ich nehme an, Sie werden kaum glauben, dass sie heute Morgen acht Meilen mit ihrem eigenen Paket gelaufen ist, um heute Abend hier zu sein. Bevor Adelaide irgendeinen Kommentar zu diesem Porträt abgeben konnte, wurde Mrs. Temples Aufmerksamkeit von einer anderen Bekannten erregt: „Aber Gott segne mich, (sagte sie) da ist der alte Mr. Marshall: Was kann ihn den ganzen Weg von Kingston hierher gebracht haben ? außer vielleicht, um das Vergnügen zu haben, seine Töchter bewundert zu sehen: und es würde das Herz eines jeden Vaters erfreuen, dieses wunderschöne Geschöpf in Blau zu betrachten, das jetzt die Vollkommenheit des Tanzes einer Dame zeigt. Das kleine lachende Mädchen, das neben ihr steht, ist es ihre Schwester, die eines der angenehmsten Geschöpfe ist, die ich je gekannt habe." – „Oh!" sagte Adelaide, „Ich glaube, sie ist die Miss Marshall, die ich kürzlich in Huntingfield getroffen habe, die in einer halben Stunde so viele Ideen zum Ausdruck brachte, wie ein Wirtschaftswissenschaftler eine Woche lang reden würde; ich konnte nicht umhin, mich bei ihr für Mrs. Sullivan zu bewerben." Sprichwort: Das *speichert Zuchtabfälle* .

„Und jetzt, meine liebe Miss Wildenheim ", fuhr Mrs. Temple fort, als sie, müde von ihrem Spaziergang, Platz nahmen, „wenn Sie neugierig sind, sich über die Schönheiten dieser Versammlung zu informieren, müssen Sie nur Ihre Augen festhalten Ich halte sie in Richtung des großen Spiegels und zeige sie mir im Vorbeigehen; denn ich wage zu behaupten, dass es kaum einen jungen Mann im Raum gibt, der nicht im Laufe des Abends davor stehen bleiben würde , und ordne seine Krawatte. Schauen Sie jetzt schon hin! Beobachten Sie, wie der junge Mann sein Kleid zurechtrückt – ich hoffe, Sie haben gesehen, wie er dabei den Kopf schüttelte, als wollte er sich vergewissern, ob er darin ein Gehirn steckte oder nicht; viel im Stil einer sparsamen Hausfrau, die diese Methode bei ihren Eiern anwendet, wenn sie herausfinden möchte, ob in ihr ein Funke Lebendigkeit lauert. „Wenn er sich an mich gewandt hätte", fuhr Mrs. Temple fort, „hätte ich ihm die Mühe ersparen können. " Er hat sich gerade darauf eingelassen und hätte die Zweifel, die das leere Gesicht, das er im Glas sah, erregt sah, beseitigt, indem er ohne zu zögern verneinte. Dieser Herr wohnt derzeit ein paar Meilen von hier entfernt, um die Stadt zu erkunden, in der Hoffnung, sie im nächsten Parlament zu vertreten. Seine Reiseausrüstung passt nicht gerade zum Charakter eines britischen Senators. Zusätzlich zu den üblichen Jalousien ist seine Kutsche außen mit Jalousien ausgestattet, um seinen Teint zu schützen, und auf dem Kutschensitz sitzen zwei Affen, die als Lakaien ausgebildet wurden. Es ist die übliche Etikette für jeden neuen Kandidaten, sein *Debüt* als *Patriot zu geben* ; Deshalb spricht er natürlich lautstark von einer „Parlamentsreform": Vielleicht hat er einige ehrgeizige Ansichten für den

Affenstamm; tatsächlich habe ich geflüstert gehört, dass ein oder zwei schon früher in beiden ehrenwerten Häusern entdeckt worden seien."

Adelaide war von Mrs. Temples Redseligkeit sehr amüsiert, sagte aber, sie sei geneigt, hinsichtlich der Schlussfolgerung, die aus diesem einzigartigen *Gefolge zu ziehen sei, anderer Meinung zu sein als ihre Freundin* . „Wissen Sie, meine liebe Frau Temple, die Anmut, den Narren zu spielen, verlangt nach Witz, *Sinn* ist eine ganz andere Sache; aber ich denke, dass es nur diejenigen sind, die zumindest ein gewisses Talent haben , die es wagen, dies herauszuholen. " Eine Art vorübergehender Akt des Wahnsinns gegen sich selbst, wohlwissend, dass sie bei Bedarf einen überzeugenden Beweis ihrer Vernunft erbringen können. Ich habe diese Schlussfolgerung aus der Beobachtung gezogen, dass nur die Engländer jemals diese exzentrischen Zurschaustellungen machen; Sie werden bereitwillig zugeben, dass, wenn eine Nation gleich ist, Keiner übertrifft sie an soliden Fähigkeiten. Wenn der betreffende junge Herr unter fünfundzwanzig ist, würde ich mit der Kraft der beiden Affen etwas für den Inhalt seines Kopfes riskieren. Wie schade, dass Dr. Gall nicht hier ist entscheiden Sie für uns, durch seine seelenoffenbaren Berührungen; unsere Kraniologen, wissen Sie, sagen uns, dass sie Witz, Gedächtnis, Sinn und Urteilsvermögen an ihren Fingerspitzen haben: Es ist zu hoffen, dass sie sie auch anderswo haben." „Was Sie über Mr. B... sagen", antwortete Mrs. Temple, „verblüfft mich: Ich gestehe, von Ihnen, einem der rationalsten Menschen in Ihrer Abteilung, habe ich keine Duldung von Torheit erwartet." „Oh, ich denke, beim Verhalten von Frauen ist die Sache ganz anders", sagte Adelaide: „Unser Geist hat nicht die starke Reaktionskraft, die der Mann besitzt; sie fallen in den Regionen der Torheit nicht selten so hart, sie sprangen und erhoben sich wieder, aber wir sind nicht fest genug, um eine solche Elastizität zu besitzen." „Ich glaube, du hast recht, mein liebes Mädchen: Möchtest du die anderen Wohnungen besichtigen? Ich habe sie noch nicht gesehen." Fräulein Wildenheim stimmte bereitwillig zu, und sie gingen dementsprechend in Richtung des Vestibüls, wo zahlreiche Gruppen promenierten, da der Tanz eine Zeit lang unterbrochen war.

Während Adelaide sich mit Mrs. Temples Bericht über die Gesellschaft amüsierte, wurde sie nach und nach zum Gegenstand allgemeiner Bewunderung. Obwohl einige Frauen von größerer persönlicher Schönheit als Fräulein Wildenheim anwesend waren , weckte sie doch in ihrem „ *La grâce , plus belle encore que la beauté* [12] " den Blick von der Betrachtung vollkommenerer Schönheit. "Wer ist sie?" wurde von Mund zu Mund wiederholt, als sie den Vorraum durchquerte; und als niemand die Frage beantworten konnte, wurde sie mit noch größerem Ernst gestellt. Alle waren sich einig, dass sie eine Ausländerin war und dass ihr Gesichtsausdruck, ihre Art, ihre Kleidung zu tragen, aber vor allem ihr Gang etwas Unenglisches an sich hatte. Als in England erneut eine epidemische Manie für alles

Kontinentale herrschte, prägte die Vorstellung, Adelaide sei eine Ausländerin, vor allem die Schönheit der Nacht; Sie wurde von Zimmer zu Zimmer verfolgt, und wohin sie sich auch wandte, wurden unzählige Brillen auf sie gerichtet. Die Aufmerksamkeit, die sie erregte, wurde endlich selbst für sie selbst spürbar, und mit einem Blick besorgter Frage sagte sie zu Frau Temple: „Ist irgendetwas Bemerkenswertes an meiner Erscheinung, dass diese Leute so starren?" „Ja, meine Liebe, etwas sehr Bemerkenswertes." „Dann bete, bete, sag mir, was es ist." „Ihre Unwissenheit darüber ist einer Ihrer größten Reize, und ich bin nicht neidisch genug, um Ihnen einen davon vorenthalten zu wollen." Diese Antwort bedeckte Adelaide mit Röte und schmückte sie mit einem Farbton, der die einzige Schönheit war, die ihr schönes Gesicht normalerweise nicht besaß. Denn Kummer hatte die Rosen, die einst auf ihrer weichen Wange geblüht hatten, verwelkt. – Wird die Stimme der Freude sie jemals aus ihrem Exil zurückrufen ?

Die Familie Webberly , die feststellte, dass Adelaide die Bewunderung der Gesellschaft genoss, kam nun auf sie zu, nicht um *ihre* Freundlichkeit zu zeigen, sondern um *ihren Gästen zu zeigen* , dass sie zu ihnen gehörte; und ihre demonstrative Höflichkeit löste bei Mrs. Temple ein verächtliches Lächeln aus, die über ihre frühere Vernachlässigung empört gewesen war. Fräulein Wildenheim war bald von einer Menge Beaux und Belles umgeben, die sie in gutem, schlechtem oder gleichgültigem Französisch, Italienisch, Deutsch oder Spanisch ansprachen – einige aus dem höflichen Wunsch, einem Fremden die gebührende Aufmerksamkeit zu erweisen, andere aus natürlicher Neugier zu Themen von ausländischem Interesse. Aber eine große Anzahl brachte aus purer Liebe zur Zurschaustellung so viele Fetzen einer fremden Sprache zum Ausdruck, wie ihr Gedächtnis ihnen aus Büchern mit Dialogen oder Redewendungen lieferte; und sobald diese erschöpft waren, fand sie einen dringenden Grund, sich in den gegenüberliegenden Teil des Zimmers zurückzuziehen und achtete darauf, für den Rest der Nacht schrecklichen Abstand zu ihr zu halten. Manches arme Mädchen wurde von ihrer Mutter, *bon gré*, *mal gré*, vorgezogen, um ihre philologischen Kenntnisse zur Schau zu stellen. Adelaide hörte zufällig einen Teil eines Dialogs mit, der eine Ausstellung dieser Art vorbereitete. „Italienisch, Mama! In der Tat, das kann ich nicht. Außerdem ist es völlig unnötig, denn Mrs. Temple sagt, sie spricht fließend Englisch." „Aber weißt du, Liebes", antwortete die Oberin, „es ist so eine gute Erziehung, Fremde in ihrer eigenen Sprache anzusprechen." „Ja, *liebe* Mama, das stimmt. Sie ist Deutsche und versteht, so wage ich zu behaupten, kein Italienisch." „Das bedeutet nicht, kommen Sie und sprechen Sie direkt mit ihr, Miss." „Bete, bete, dann lass es auf Französisch sein", sagte das Mädchen halb weinend; „Ich habe erst drei Monate lang Italienisch gelernt, und wenn ich zufällig weiß, was sie zu mir sagt, sind es zehn zu eins." „Na, weißt du, Maria, als ich Flo – Floril – (du könntest mir den Namen nennen, wenn du willst) mitgebracht habe – aber kurz gesagt, dieser reisende Italiener, von dem du deine Blumen hattest, um mit dir zu reden, sagte er Ich habe dich für einen Einheimischen gehalten; aber du sprichst vielleicht zuerst Italienisch und danach Französisch, und das wird eine doppelte Übung sein, meine Liebe. Es gab keine Gnadenfrist – und ein sehr nettes Mädchen, das vor Scham und Zorn tiefrot wurde , stammelte einen Satz erbärmlichen Italienisch, während die Mutter mit triumphierender Miene daneben stand, um zu sehen, wie ihren Befehlen Folge geleistet wurde, und zu beobachten, wer zuhörte . Adelaide, die die Verwirrung des armen Mädchens bedauerte, antwortete auf Französisch, offenbar zu ihrer eigenen Beruhigung, und richtete ein paar Sätze an sie, die ihr die Gelegenheit boten, das immerwährende selbstbeweihräuchernde „oui, oui" einzuwerfen, das das Beste *des jungen Linguisten* ist Verbündeter, sogar nützlicher als Madame de Genlis ' „ *Manuel du Voyageur* ", das übrigens ein Meister der Stenografie in dieser Nacht vielleicht niedergeschrieben hätte. Die junge Dame und ihre Mutter verließen bald Adelaide, beide hocherfreut; Und so sehr Erstere auch nicht bereit gewesen war, das von Mama befohlene Experiment zu machen, schätzte sie nach diesem glücklichen Ergebnis sicherlich viel mehr über ihre eigenen Errungenschaften ein. Adelaide wurde dann einem Herrn vorgestellt, der genauso fließend Französisch sprach wie sie selbst, und sie gerieten bald in den Gesprächsstil, auf den der Begriff „ *spiritual*"so zu Recht angewendet wird, wo angemessene Diktion und elegante Idee einander Reize verleihen: in In der Sprache, an die sie seit ihrer Kindheit gewöhnt war, drückte sie sich mit besonderer Fröhlichkeit aus und schien dabei die gleiche Freude zu empfinden, die man empfindet, wenn man einen lange abwesenden Freund trifft. Mrs. Temple war nun eine stille und staunende Zuschauerin, die vergeblich versuchte herauszufinden, wie ein Mädchen wie Miss Wildenheim eine Bewohnerin von Mrs. Sullivans Familie werden konnte; und bemerkte, dass ihr Verhalten und ihre Fähigkeiten sich immer auf dem Niveau der Szene befanden, die sie hervorrief. In diesem Augenblick erfüllte sie mit ebenso viel Anmut alle gesellschaftlichen Pflichten, die der vorübergehende Augenblick erforderte, als sie mit heiterer Sanftmut zur Belustigung ihrer Freunde im stillen Familienkreis im Pfarrhaus beitrug. Mrs. Temple war halb verärgert über ihr entspanntes Verhalten in einer solchen Situation; aber als sie Adelaide wieder ansah, ihr wechselndes Erröten beobachtete, vergeblich nach Anzeichen von Koketterie oder dem Versuch einer Zurschaustellung Ausschau hielt; und als sie schließlich einen flehenden Blick erhaschte, der wie Sternes Star zu sagen schien: „Ich kann nicht raus – bitte entlasten Sie mich", spürte sie die Ungerechtigkeit ihrer beginnenden Tadel. Sie wurde einen Moment lang daran gehindert, der Aufforderung Folge zu leisten, als ein alter Generaloffizier sie fragte: „Wenn diese junge Dame eine Verwandte des Barons Wildenheim war , der sich in der Schlacht von Hohenlinden und bei so vielen anderen verzweifelten Begegnungen so sehr hervorgetan hat?" die gleiche Kampagne?" „Möglicherweise seine

Tochter", antwortete Frau Temple; „Aber bitte richten Sie keine Fragen dieser Art an sie; denn wann immer auf solche Themen angespielt wird, scheint sie zutiefst betroffen zu sein." Als Mrs. Temple erneut Adelaides Arm ergriff, bemerkte sie, dass Mr. Webberly sie zum Tanzen aufforderte. Mrs. Sullivan hatte ihm an diesem Morgen das Versprechen abgenommen, Adelaide nicht zum Tanzen aufzufordern, aus Angst, Miss Seymour eifersüchtig zu machen! Aber er konnte sich das Vergnügen nicht länger versagen, auf das er sich heute Abend am meisten gefreut hatte; und trotz des Stirnrunzelns und der Zeichen seiner Mutter (auf die im Webberly House nur selten viel Rücksicht genommen wurde) bat er Adelaide mit großer Ernsthaftigkeit, mit ihm eine Reihe zu tanzen, die er anbot, vor dem Abendessen Express zu besorgen. Doch als sie sich standhaft weigerte, überredete er, um sich zu trösten, eine Cousine aus der Stadt (deren Reichtum ihr Zutritt zum Haus ihrer Tante verschaffte) und seine Schwester Cecilia, sich als Walzer zu präsentieren . Cecilias Partnerin war der *soi-disant Beau, der so unermüdlich in seiner* Polygraphie des Tons gewesen war ; und die Travestie von Lady Eltondale und Sedley war für diejenigen, die einen Schlüssel zur Verleumdung hatten, unnachahmlich lächerlich. Die Firma hatte es schon lange satt, die arme, unschuldige Lucy Martin zu befragen; ebenso müde von den ihnen gebotenen Vergnügungen; Ich war es fast leid, Selina und Adelaide zu bewundern und zu vergleichen, da die meisten Damen inzwischen herausgefunden hatten, dass letztere zwar ein gewisses „ *Je ne sais quoi* " an sich hatte, ihr Haar aber zu schwarz war und auch ihr Teint blass, für Schönheit; und dass die Schönheit der ersteren jeder Kritik trotzte – ein unfreiwilliges Geständnis, das ihren ersten Triumph zunichte machte; so dass die Walzer eine sehr zeitgemäße Abwechslung boten. Nichts könnte lächerlicher sein als das unbeholfene Herumwirbeln des Quartetts; und nur wenige Dinge sind in jeder Hinsicht würdiger, Gegenstand des Geistes des Spottes zu sein, der leider jede Gesellschaft durchdringt, als dieser antianglikanische Tanz. Mrs. Temple flüsterte Adelaide zu:

„So schlimm ist die Bewegung mit den Musikanzügen;
„So spielte Orpheus , und wie sie tanzten die Tiere."

Wie konnte Mrs. Temple so schlecht erzogen sein, zu flüstern? – Das Ganze ist „ *mauvais ton* ", ruft jetzt zweifellos eine anständige Schönheit aus. Lieber Leser, wenn Sie Ihren Freund oder Ihre Liebe zur *genauen* Wahrheit nie einem Witz geopfert haben, haben Sie das Recht, Ihrer Empörung über diesen Verstoß gegen die *Etikette Luft zu machen* . Wenn Ihr Zorn erschöpft ist, lesen Sie weiter, und Sie werden feststellen, dass die Ursache Ihrer Empörung ein Ende hat . – Endlich wurde das Abendessen angekündigt; Die Gesellschaft wurde in Räume geführt, die im gleichen Stil üppiger Verzierungen eingerichtet waren wie die, die sie bereits besucht hatten. Nach dem

Abendessen wurde der Tanz mit noch größerem Eifer wieder aufgenommen und bis in die frühen Morgenstunden fortgesetzt. Als sich die Gesellschaft trennte, tauschten sie den Schein der Kerzen gegen das Licht der Sonne; und der Klang der Harfe, des Tabetts und aller Arten von Musikinstrumenten, für den Gesang der Vögel und das Pfeifen des Weingärtners.

Kapitel XV.

Dem bürgerlichen und religiösen Zorn fremd,
wandelte der gute Mann harmlos durch sein Zeitalter.
Keine Gerichte, die er gesehen hat.—

PAPST .

Nur wenige Menschen waren jemals mit einer größeren Fähigkeit ausgestattet, angenehme Gefühle zu empfangen als Selina Seymour, und der ganze Tenor ihres freudigen Lebens hatte bisher dazu beigetragen, dieses unschätzbare Geschenk der Natur zu steigern. Sie war auf Mrs. Sullivans Ball so glücklich gewesen, wie es einem unschuldigen Wesen nur möglich ist, ohne sich um die Gegenwart zu kümmern oder die Vergangenheit zu bereuen; und die Freude ihres eigenen Geistes spiegelte sich zehnfach in den anerkennenden Lächeln ihres Vaters und ihrer Tante wider. Ihre Freude an der Schwulenszene wurde weder durch Neid noch durch Konkurrenz getrübt. Man hatte ihr nie beigebracht, ihr *Glück* anhand ihrer Größe auf der Skala der Bewunderung einzuschätzen ; denn ihre liebevollen Verwandten, die sie stets charmant fanden und ihre Glückseligkeit immer wichtiger als die Befriedigung ihres eigenen Stolzes betrachteten, hatten sie nicht durch Vorbereitungen zur Zurschaustellung gequält; und solange sie mit Vergnügen vor sich hin tanzte, war es ihnen egal, *wie* . Das glückliche Mädchen genoss die brillante Szene so sehr und war so dankbar für die bemerkenswerte Aufmerksamkeit, die es erhielt, dass es keine Zeit hatte, darüber nachzudenken, ob es *bewundert wurde* oder nicht. und wenn ihr diese Frage überhaupt in den Sinn gekommen wäre, wäre die Antwort vielleicht gleichgültig gewesen – für ihr Glück reichte es aus, zu wissen, dass sie *geliebt wurde* .

Aber all Selinas Freude hätte sich umso köstlicher in Schmerz verwandelt, wenn auch nur eine Falte des Schleiers der Zukunft gelüftet hätte, um ihr das nahe Herannahen des Elends zu zeigen. In dieser Nacht sah sie zum ersten Mal Freude in ihrem festlichen Gewand, ihre Stirn mit Blumen gekrönt, ihr Gesicht strahlend vor Lächeln, wie sie mit einer Hand ihre Verzauberungen präsentierte – aber sie sah nicht, dass die andere den schwebenden Formen von Krankheit und Tod zuwinkte, sie zu bekleiden im Gewand von wo: – eine Aufgabe, die sie zu schnell erledigten; denn leider! Diese Szene der Fröhlichkeit war nur der Vorraum des Kummers.

Selina stand am nächsten Tag auf, erfrischt durch ein paar Stunden tiefen Schlaf; und, belebt von mehr als ihrer allgemeinen Lebhaftigkeit, hüpfte sie mit ihrer üblichen Geschwindigkeit die Treppe hinunter, als sie von Mrs. Galton angehalten wurde; und, erschrocken über den Ausdruck ihres Gesichtsausdrucks: „Guter Gott, Tante Mary!" rief sie, „was ist los, dass du so blass aussiehst – bist du krank?" „Nein, meine Liebe, nein; aber es tut mir leid, sagen zu müssen, dass es deinem Vater sehr schlecht geht. Sei nicht so beunruhigt, mein liebes Kind – ihm geht es jetzt besser. Wohin gehst du?" fuhr sie fort und hielt Selina fest. „Um meinen lieben Papa zu sehen." „Das darfst du nicht, Selina, Mr. Lucas ist bei ihm und versucht ihn einzuschlafen. – Komm in die Bibliothek, meine Liebe, und lass uns frühstücken." Sie gingen ruhig und traurig weiter; und als Selina eintrat, bemerkte sie, dass ihre Tante das Kleid vom Vorabend trug. „Aber, meine liebe Tante, du hast dich nie umgezogen. Oh, dieser abscheuliche Ball! Mein lieber, lieber Vater ist erkältet. Ich wünschte, wir wären nie gegangen;" und hier brach sie, ganz überwältigt von der Heftigkeit ihrer Gefühle, in einen Tränenanfall aus. Mrs. Galton war nicht traurig, als sie ihrem Kummer nachgab; aber als sie sich ein wenig gefasst hatte, sprach sie sie mit großer Feierlichkeit an und sagte: „Selina, meine liebe Selina, kommandiere dich! Ich verlange von dir, dass du deine ganze Stärke aufbietest; du darfst dich in einer Szene wie dieser nicht noch schlimmer machen." als nutzlos. Geben Sie sich nicht selbstsüchtig Ihren eigenen Gefühlen hin. Denken Sie daran, mein Kind, Sie können Ihrem Vater viel Trost sein." Selina antwortete nur mit einer Handbewegung, zog sich für kurze Zeit in ein einsames Gemächer zurück, warf sich auf die Knie und fasste sich schließlich mit einem inbrünstigen Flehen um Unterstützung vom Himmel so weit, zu ihr zurückzukehren Tante mit ruhigem Gesichtsausdruck, obwohl sie immer noch nicht in der Lage ist zu sprechen. Ein ausdrucksvoller Blick verriet Mrs. Galton, dass sie sich der Gefahr ihres Vaters bewusst war und bereit war, jede angemessene Anstrengung zu unternehmen. Sir Henry hatte seine Liebste Selina im Webberly House höchst unvorsichtig bei einem ihrer Besuche in der Einsiedelei begleitet; und infolge der Luftzüge und der Feuchtigkeit, denen er sich dadurch ausgesetzt hatte, wurde er bei seiner Rückkehr in die Halle von der Gicht im Magen auf höchst besorgniserregende Weise befallen. Mr. Lucas war sofort gerufen worden und hatte, indem er erklärte, dass er sich in unmittelbarer Gefahr befinde, darum gebeten, dass unverzüglich besserer Rat eingeholt werden könne. Schließlich schien die Gewalt des Angriffs den verabreichten Heilmitteln Platz zu machen; und Mr. Lucas war, wie Mrs. Galton sagte, gerade bemüht , seinem Patienten Schlaf zu verschaffen, als sie Selinas Glocke hörte; und als er die günstige Gelegenheit nutzte, das Krankenzimmer zu verlassen, wollte er ihr gerade die Nachricht mitteilen, als sie sich auf der Treppe trafen. Die Damen setzten ihr Frühstück in völliger Stille fort, wobei Mrs. Galton Selina nicht einmal mit einem Blick ansah, da sie genau wusste, dass eine bloße Kleinigkeit die Gelassenheit zerstören würde, die sie zu erlangen versuchte . Als sie den Frühstückstisch verließen, nahm Mrs. Galton Selina mit nach oben , um ihr beim Umkleiden zu helfen, da sie fürchtete, sie allein zu lassen, und sie in den kleinen Büros aufmerksamer Freundlichkeit beschäftigen wollte, die schon allein durch ihre Kleinigkeit bewiesen wurden Sie hindern den Geist daran, über die neugeborene Trauer nachzudenken, obwohl sie die Gefühle nur dann irritieren, wenn die Trauer ihre Reife erreicht hat. Mrs. Galtons wachsames Auge entdeckte bald Dr. Nortons Kutsche am unteren Ende der Allee; und damit Selina bei seinem Eintritt nicht im Weg sei, schickte er sie zu einem Spaziergang durch den Garten und versprach, sie anzurufen, sobald sie zu ihrem Vater eingelassen werden könne. Als Dr. Norton ankam, begab er sich sofort zu Sir Henrys Wohnung; und als er es hörte, gab er eine traurige Bestätigung der Meinung von Herrn Lucas und brachte seine Befürchtungen zum Ausdruck, dass, obwohl sein Patient in diesem Moment einigermaßen ruhig sei, heftige Angriffe der Beschwerde zu erwarten seien; und wenn *sie sich* nicht als tödlich erweisen sollten, würde die daraus resultierende Schwäche höchstwahrscheinlich dazu führen. Mrs. Galton bat ihn, in Deane Hall zu bleiben, bis über Sir Henrys Schicksal entschieden sei, und dieser Bitte kam er ohne zu zögern nach.

Hätte Dr. Norton seine Erkenntnisse Selina selbst mitgeteilt, hätte es sie kaum tiefer treffen können als Mrs. Galton. Ihre Wertschätzung für Sir Henry war groß, und nicht weniger lebhaft war ihre Dankbarkeit für die ständige Freundlichkeit, die er ihr über viele Jahre hinweg entgegengebracht hatte; Hätte sich also kein anderes Wesen auf der Erde für sein Leben interessiert, hätte sie in ihren eigenen Gefühlen genügend Grund zur Trauer gefunden. Doch als sie Selinas Kummer erwartete und die Befürchtungen des Arztes wahr werden sollten, wurde ihr eigenes Elend durch ihr Mitleid mit dem geliebten Kind ihres Herzens – dem liebsten Trost ihres Lebens – um das Zehnfache verschlimmert!

Diese Überlegungen steigerten sogar die übliche Vorliebe für Mrs. Galtons Verhalten Selina gegenüber, als sie nach ihrer Rückkehr aus dem Garten die Fragen des besorgten Kindes nach ihrem Vater beantwortete. Sie hatte eine schwierige Aufgabe zu erfüllen – sie hatte Angst, ihr zu viel oder zu wenig zu sagen. Um jede direkte Antwort zu vermeiden, teilte sie ihr mit, dass sie jetzt in Sir Henrys Zimmer gehen könne, und Selina sei ohne einen Moment an seinem Bett gewesen. Der arme alte Mann, der das Elend seines Kindes möglichst hinauszögern wollte, versicherte ihr, dass es ihm jetzt gut gehen würde, und forderte sie auf, ihm alles zu erzählen, woran sie in der vergangenen Nacht gedacht hatte. Als das unschuldige Mädchen diese Bitte hörte, schmeichelte es sich mit der ganzen Hoffnungstäuschung, dass die Befürchtungen ihrer Tante die Gefahr übertrieben hätten; und, begeistert von der Vorstellung, dass die Beschwerden ihres Vaters nachgelassen hatten, sprach sie mit viel von ihrer gewohnten Lebhaftigkeit, die noch zunahm, als sie merkte, dass ihre lebhaften, naiven Bemerkungen das Gesicht des kranken Mannes mit vielen Lächeln erheiterten. – Sie war sich dessen nicht bewusst, sie waren die letzten, die sie brauchte Das eigene würde beim Anblick immer heller werden.

Unverzüglich wurde ein Expressbrief nach Mordaunt geschickt, in dem er um seine sofortige Anwesenheit in Deane Hall gebeten wurde. Als Selina von der Angst ihres Vaters vor seiner Ankunft hörte, sank ihre Stimmung erneut, und sie dachte in qualvoller Trauer darüber nach: „Gestern hätte sie es nicht für möglich halten können, dass der Gedanke, Augustus zu sehen, eine schwere Belastung für sie gewesen sein könnte." In der Nacht dieses traurigen Tages bat Selina darum, ihren Vater zu betreuen. Ihre Tante, die Angst davor hatte, was der Morgen bringen könnte, erfüllte ihren Wunsch. Fürchterlich waren die Gedanken, die diese Nacht hervorrief, als sie die schreckliche Stille in Sir Henrys Zimmer mit der lauten Fröhlichkeit des Zimmers verglich, in dem sie die Nacht zuvor verbracht hatte.

So gingen zwei oder drei Tage schrecklicher Spannung über Selinas Kopf hinweg: Wann immer es ihr erlaubt wurde, war sie am Bett ihres Vaters und verwandelte sich augenblicklich von größter Besorgnis in Hoffnung. Doch obwohl sie sah, dass sich in jedem Gesicht Verzweiflung ausdrückte, lehnte ihr Verstand sie immer noch ab. Sie konnte nicht glauben, dass ihr geliebter Vater tatsächlich sterben würde!

Diejenigen, die am inbrünstigsten lieben, am innigsten hoffen und ihren Glauben auf die unbedeutendsten Umstände aufbauen, klammern sich mit einer Kraft daran fest, die sich kein weniger tief interessierter Mensch vorstellen kann. Es ist gut, dass sie das tun. Ihre innigen Hoffnungen zwingen sie dazu, Anstrengungen auf sich zu nehmen und Trost zu spenden, zu dem sie sonst nicht in der Lage wären. Und so wird es der Zuneigung ermöglicht, das Bett des Todes bis zum letzten Augenblick aufzumuntern.

Und was die Überlebenden betrifft! Keine Vorahnung kann sie auf die überwältigende Verzweiflung des Augenblicks vorbereiten, in dem sie das verlieren, was ihnen auf Erden am meisten am Herzen liegt!

Die Trauer, die in dieser Stunde ihres Triumphs übermächtig wird, wird ihre Herrschaft außer Kontrolle bringen und trotzt sowohl der Vergangenheit als auch der Zukunft – selbst die Religion muss von der Zeit unterstützt werden, um ihre riesige Macht zu bändigen.

Am Abend des dritten Krankheitstages von Sir Henry traf Augustus Mordaunt in Deane Hall ein; Die Diener scharten sich um ihn herum, und jeder überbrachte seinem gequälten Ohr noch düsterere Nachrichten – er verbrachte eine schreckliche halbe Stunde allein in der Bibliothek, ohne Selina oder Mrs. Galton zu sehen, da Mr. Temple zu dieser Zeit die heiligen

Riten vollzog die Kirche zu Sir Henry, während sie im Vorzimmer gemeinsam beteten. Als Sir Henry seine Andachten beendet hatte, fragte er nach Selina, und seine Stimme brachte sie in einem Augenblick an sein Bett; Dort flehte sie, niederknieend, mit halb erstickter Stimme um seinen Segen, den kein Vater leidenschaftlicher gab und noch nie ein liebenswürdiges Kind frommer empfing.

„Selina! Du warst immer ein gutes Kind und hast mir gehorcht. Wenn ich weg bin, dann denk daran, was Mrs. Galton zu dir sagt. Wenn ich ihrem Rat gefolgt wäre, wäre es mir jetzt besser gegangen." Der Baronet sprach mit großer Mühe und schloss, erschöpft von der Anstrengung, in vorübergehender Lethargie die Augen. Selina antwortete nicht, sondern küsste ihm mit tränenden Augen die Hand als Zeichen des Gehorsams. Endlich hob er den Kopf von seinem Kissen und fragte: „Wo ist Augustus? Er wird noch lange auf sich warten lassen." – In diesem Augenblick waren Schritte zu hören, die langsam und leise durch den Vorraum gingen. Selina öffnete die Tür und ließ Augustus herein: Sie hätte sich zurückgezogen, aber ihr Vater unterschrieb ihr Kommen; Als er sich ein wenig erholte, stockte er und sagte: „Freut mich, dich zu sehen, mein lieber Junge – ich war ein Vater für dich, Augustus, sei ein Bruder für dieses arme Mädchen."

Augustus drückte seine Gefühle eher mit Inbrunst als mit Klugheit aus und wurde von Selina in ihrem Ausdruck gestoppt, als sie merkte, dass ihr Vater ziemlich erschöpft war: Er öffnete noch einmal die Augen und sagte: „Ich sterbe zufrieden." er kämpfte darum, etwas zu sagen, aber seine Worte waren unverständlich und er konnte nur sagen: „Gehen Sie weg, – schicken Sie Mrs. Galton." Augustus flog, um sie zu holen, während Selina zerstreut über ihrem sterbenden Elternteil hing: Als sie den Raum betraten, ertönte ihr Ausruf „Oh! mein Vater, mein lieber Vater!" warnte sie, dass alles vorbei sei; und als sie sich dem Bett näherten, lagen Eltern und Kind Seite an Seite, das eine schien ebenso leblos wie das andere.

Augustus glaubte in seiner ersten Ablenkung, Selina und seinen geliebten und verehrten Freund verloren zu haben, doch als er von Mrs. Galton wieder zur Besinnung gebracht wurde, half er ihr dabei, Selina in ein anderes Zimmer zu bringen. Schließlich erweckten ihre Anstrengungen Selina zu einem schrecklichen Bewusstsein für ihr Unglück – wie qualvoll war dieser Moment, als sie in ihrer verzweifelten Trauer ihre Fürsorge tadelte und wünschte, sie hätten sie an der Seite ihres Vaters sterben lassen! „Ich habe jetzt keine Eltern mehr." „Liebstes Kind meines Herzens, bin ich noch nie eine Mutter für dich gewesen, und wirst du dich weigern, immer noch meine Tochter zu sein, wenn ich so dringend Trost brauche?" Selina warf sich in die Arme ihrer Tante und gab unter Tränen dem Kummer ihres platzenden Herzens Luft; Schließlich weinte sie wie ein Kind in den Schlaf, und ihre

Tante blieb die ganze Nacht an ihrer Seite, bereit, die Schrecken ihrer wachen Momente zu mildern.

Selina war am nächsten Tag vergleichsweise ruhig und wurde klugerweise in vollkommener Einsamkeit zurückgelassen, um ihr Herz zu entlasten : Ihr Kummer wurde nicht durch aufdringliche Beileidsbekundungen beleidigt, die allzu oft eher einem Tadel als einem Trost ähnelten. Der Aspekt der Trauer ist für die vergleichsweise Glücklichen abstoßend und wird oft nur ungeschickt eingesetzt versucht, sie aus ihrem Blickfeld zu verbannen, mehr um sich selbst zu helfen, als um die unglücklichen Wesen zu entlasten, die durch ihre unterdrückende Macht an die Erde gebunden sind. Diejenigen, die es gespürt haben, werden mit Vorsicht in ihre heilige Privatsphäre eindringen und wissen, wann sie in Gegenwart des Trauernden schweigen müssen.

Aber wo soll die Herrschaft des Egoismus enden? – Ihre Anhänger mischen sich in Sorgen ein, die sie nicht heilen können, und halten sich von Szenen fern, wo sie Trost spenden könnten: Sie sind in der Kammer des Trauernden zu finden, aber fliehen vom Bett des Todes, was ihre Anwesenheit erfreuen könnte und einen sterbenden Verwandten vergeblich nach einem geliebten Gesicht suchen lässt, auf dem er sein gequältes Auge ruhen lassen kann. Die Freunde des Sterbenden erfüllen ihre Pflicht nicht, wenn sie den Sterbenden im Stich lassen, solange noch ein Funke Leben übrig ist. Denn wer kann den Moment sagen, in dem der Sinn zu enden *beginnt* ? Obwohl das Auge geschlossen und die Zunge stumm ist, kann das dankbare Herz dennoch dankbar für die freundliche Stimme liebevoller Fürsorge oder den letzten stillen Druck unaussprechlicher Liebe empfänglich sein!

Schmerzensszenen können für die zarte Frau entsetzlich sein. Aber sollte eine Ehefrau, Mutter, Tochter oder Schwester vor jeder Aufgabe zurückschrecken, die für das Ziel nützlich sein könnte, auf das sich ihre *Pflicht* und ihre Liebe konzentrieren ? Das ist der Mut, das ist die Standhaftigkeit, es steht einer Frau zu, sich anzustrengen!

Kapitel XVI.

Horchen! bei diesem todkündigenden Glockengeläut der
traurigen vorbeiziehenden Glocke.

Gilbert Cowper .

Unmittelbar nach Sir Henry Seymours Tod schrieb Mordaunt, um Herrn
Seymour über das Ereignis zu informieren, der der nächste männliche
Verwandte von Sir Henry war, der damals noch lebte, der jedoch nicht in
einer intimen Beziehung mit dem Baronet gelebt hatte, da er hauptsächlich
auf seinem eigenen Anwesen gewohnt hatte in Cumberland. Er verlor jedoch
keine Zeit und begab sich in die Halle, weniger aus Rücksicht auf die
Erinnerung an seinen Verwandten als vielmehr in der Hoffnung, von seinem
Tod profitieren zu können. Am Tag nach seiner Ankunft wurde die
Testamentseröffnung anberaumt, doch darin wurde er völlig enttäuscht; es
war offensichtlich erst wenige Tage vor Sir Henrys Tod geschrieben worden;
und abgesehen von kleinen Vermächtnissen an seine Diener wurde darin
niemandem außer Mrs. Galton, Augustus und Selina ein Vermächtnis
hinterlassen. Dem ersten gab Sir Henry tausend Pfund als kleines Zeugnis
seiner Freundschaft und Wertschätzung; Augustus hinterließ er ein kleines
Anwesen in Cumberland und Selina sein gesamtes anderes Eigentum
jeglicher Art, wobei er Lady Eltondale zur alleinigen Vormundin ihrer Person
ernannte; Mordaunt und Mr. Temple waren die Treuhänder ihrer
Ländereien, bis sie heiratete oder volljährig wurde. Der Anteil einer großen
Summe an den Mitteln wurde zu ihrer Unterstützung verwendet, bis eines
dieser Ereignisse eintrat; Ein beträchtlicher Teil davon sollte Lady Eltondale
für ihren Unterhalt gezahlt werden, da es Sir Henrys Wunsch war, dass sie
bei ihr wohnen sollte.

Herr Seymour bemühte sich , seine eigene Enttäuschung zu verbergen,
indem er Selina und Augustus, die er zusammenfasste, eine Reihe von
Komplimenten machte, und zwar auf eine Art und Weise, die nicht wenig
peinlich gewesen wäre, wenn einer von ihnen ausreichend gelöst gewesen
wäre, um es zu bemerken an beide: Zum Glück waren sie jedoch alle zu sehr
mit ihren eigenen Gefühlen beschäftigt, um sich um ihn zu kümmern; und
da sein einziger Grund, Deane Hall zu besuchen, nun zu Ende war, war er
froh, so schnell wie möglich aus dem Trauerhaus entkommen zu können.

Sir Henrys Großzügigkeit, die für Augustus völlig unerwartet war, verstärkte
nur sein Bedauern über den Verlust seines Wohltäters. In ihm hatte er seinen
frühesten Freund verloren; denn seinen Onkel hielt er für einen völlig

Fremden, und an seine Eltern hatte er keine Erinnerung. Was auch immer die Fehler in Sir Henrys Urteil gewesen sein mochten, seine Güte gegenüber Mordaunt hatte nie nachgelassen; und obwohl seine vielen Tugenden stets für Respekt gesorgt hatten, hatte sich seine Freundlichkeit tief in das dankbare Herz von Augustus eingegraben, da bei ihrem Verkehr die wesentliche Verpflichtung nie durch zufällige Launen zunichte gemacht oder durch unhöfliche Strenge des Benehmens lästig gemacht worden war. Er unterdrückte jedoch sorgfältig seine eigenen Gefühle, um denen von Selina besser Trost zu spenden; und während Mrs. Galton und Mr. Temple mit fast väterlicher Zuneigung jedes Argument nutzten, das Religion und Vernunft vorschlagen konnten, um sie so weit wie möglich mit ihrem Verlust zu versöhnen; Augustus bemühte sich mit größter Sorgfalt und unablässiger Aufmerksamkeit, ihre Gedanken von ihrem jüngsten Unglück abzulenken und dadurch die Schärfe ihres Kummers allmählich zu mildern. Selina war bis zu dem Moment, als sie ihren Vater verlor, mit Trauer überhaupt nicht vertraut gewesen; Denn als ihre Mutter starb, war sie zu jung, um sich ihres Verlustes bewusst zu sein. und Mrs. Galtons fast mütterliche Güte hatte die Leere ihres Säuglingsherzens gefüllt, während sie sich dessen Existenz noch kaum bewusst war. Zunächst konnte sie kaum davon überzeugt werden , dass Sir Henry wirklich nicht mehr atmete; so plötzlich und für sie so unerwartet kam seine Auflösung. Aber nachdem sie ihr Herz einigermaßen erleichtert hatte, indem sie dem ersten ungeheuerlichen Ausbruch von Trauer nachgab und überzeugt war, dass er tatsächlich nicht mehr existierte, wurde sie von der überwältigenden Last ihres Unglücks fast betäubt . Manchmal erwachte sie aus ihrer Erstarrung, indem sie sich fragte: War das Vergangene nur ein Traum oder eine qualvolle Realität? War es möglich, dass sie nie mehr seine geliebte Stimme hören oder das Lächeln elterlicher Zuneigung um die kalten Lippen spielen sehen würde, die jetzt für immer geschlossen waren ? Sollte sie nie wieder das Vergnügen verspüren, das kranke Bett eines Elternteils durch die spielerischen Ausfälle ihrer Fantasie aufzuheitern oder die Schärfe des Schmerzes durch die rücksichtsvolle Aufmerksamkeit zu lindern, die uns Zuneigung nur lehrt? Ach! Von wem konnte sie jetzt erwarten, den freudigen Willkommensklang zu hören, mit dem ihre Rückkehr immer begrüßt wurde, so kurz ihre Abwesenheit auch gewesen sein mochte? oder von wem konnte sie nun hoffen, den anerkennenden Blick zu treffen, der das Verdienst, das er beklatschte, mehr als belohnte? Oder diese Voreingenommenheit erfahren, die eine leichte Milderung der Fehler ermöglichte, die sie nicht übersehen konnte? Während sich diese Überlegungen in ihrem Kopf drängten, kam es ihr so vor, als wäre die Kraft all ihrer Handlungen gebrochen, und in der Verzweiflung des Augenblicks dachte sie, sie hätte bereitwillig die Hälfte der verbleibenden Jahre ihres Lebens dafür eingetauscht, sich an ein paar kurze Momente von ihr zu erinnern vergangene Existenz.

Eltondale aufgerüttelt . Es war in freundlichen Worten formuliert, auch wenn die egoistischen Gefühle, die ihnen zugrunde lagen, leicht zu erkennen waren. Die Viscountess schöpfte den Trost, den sie der Trauernden schenkte, nicht aus der Quelle der Religion oder der Freundschaft, sondern aus der kalten, gefühllosen Berechnung des Interesses. Sie gratulierte Selina zu ihrem riesigen Vermögen und zu ihrer baldigen Aussicht, aus der Abgeschiedenheit, in der sie bisher gelebt hatte, befreit zu werden; und dann, indem sie den Ton eines Wächters annahm, ließ sie Selina keinen Vorwand, ihren „Befehl", sofort unter ihrem Dach zu wohnen, abzulehnen, obwohl die *Befehle* in den höflichsten Worten einer Einladung formuliert waren. Abschließend fragte sie Selina, ob Mrs. Galton beabsichtige, in der Halle weiterzumachen, was von beiden sofort als Hinweis darauf verstanden wurde, dass von ihr nicht erwartet wurde, Selina zu begleiten; aber das Verbot wurde noch deutlicher durch ein Nachwort, das die Komplimente Ihrer Ladyschaft an Mrs. Galton zum Ausdruck brachte und ihre Hoffnung zum Ausdruck brachte, sie zu einem späteren Zeitpunkt zu einem Besuch in Eltondale zu bewegen .

Selina war empört über diesen deutlichen Ausschluss ihrer geliebten Tante; und Mrs. Galton hatte einige Schwierigkeiten, sie dazu zu bewegen, der Viscountess auch nur eine höfliche Antwort zu erwidern; Aber der Tenor des Briefes Ihrer Ladyschaft überzeugte sie davon, dass Ausreden nichts nützen würden, und überredete Miss Seymour schließlich, den Tag für das Verlassen des Saales auf zwei Wochen festzulegen, in der Hoffnung, dass ihre Schnelligkeit, der Aufforderung Folge zu leisten, dies in einigen Fällen tun würde Grad, die Demütigung verbergen, die es verursacht hatte. Frau Galton schrieb auch, dass sie selbst Miss Seymour nach Eltondale begleiten würde , da sie auf keinen Fall daran denken könne, ihr Amt aufzugeben, bis sie sie sicher ihrem neuen Vormund übergab; Er fügte hinzu, dass Mr. Mordaunt versprochen hatte, Mrs. Galton von dort nach Bath zu begleiten, wohin sie sofort weiterreisen wollte. Als Selina sah, dass diese Briefe absolut erledigt waren, und feststellte, dass die Zeit für ihren Abschied von den geliebten Szenen ihrer Kindheit entschieden gekommen war, gab sie einer übertriebenen Trauer nach, die sich allen Überlegungen von Mrs. Galton und sogar Mordaunts ängstlichen Bitten widersetzte sie würde dadurch ihre Gesundheit nicht gefährden. Während Selina sich damit einem Übermaß an Gefühlen hingab, was einer der auffälligsten Charakterzüge ihres Charakters war; und unkontrolliert einem Kummer hingegeben, der zu ergreifend war, um von Dauer zu sein, kämpfte Mrs. Galton mit der Entschlossenheit, die sie gleichermaßen auszeichnete, gegen ihren eigenen. Sie drängte nicht nur anderen ihr Elend nicht auf, sondern ihre Ruhe, ihre Milde und ihre Standhaftigkeit bewiesen auch, dass sie ihre eigenen Gebote der Resignation tatsächlich in die Tat umsetzte . Ihre geistige Stärke war jedoch ihrer körperlichen Stärke überlegen: Und als sie feststellte, dass sie plötzlich, wahrscheinlich für immer, von dem Kind ihrer größten Zuneigung getrennt werden sollte; und erinnerte sich an die Mühen, die ihr neuer Vormund höchstwahrscheinlich auf sich nehmen würde, um aus dem allzu geschmeidigen Geist ihrer jungen Schülerin nicht nur alle Gebote auszurotten, die sie ihr so sorgfältig beigebracht hatte, sondern sogar jede Erinnerung an die Lehrerin; Ihre Stimmung sank unter der schmerzlichen Vorfreude, und ihre zunehmende Blässe und ihr nachlassender Appetit verrieten das Herannahen einer Krankheit, der sie sich dennoch nicht hingeben wollte. Es ließ sich jedoch nicht abwehren, und noch vor dem für Selinas Abreise bestimmten Tag war Mrs. Galton mit besorgniserregendem Fieber ans Bett gefesselt. Mehrere Tage lang blieb sie in unmittelbarer Gefahr, doch schließlich ließ die Beschwerde nach Sie hatte eine günstige Wendung, und sie blieb dennoch von den Gebeten ihrer ängstlichen Begleiter verschont. Es war für Selina keineswegs ein unglücklicher Umstand, dass Mrs. Galtons Krankheit eintrat, um ihre Gedanken von dem melancholischen Thema abzulenken, bei dem sie sie bisher allein hatte verweilen lassen. Durch das Gefühl, dass sie noch viel zu verlieren hatte, versöhnte sie sich unmerklich mit dem Verlust, den sie bereits erlitten hatte. Und als Mrs. Galton in der Lage war, sich in ihrer Umkleidekabine aufzusetzen, nahm sie in gewissem Maße ihren natürlichen Charakter wieder an und trug damit einmal mehr zum Komfort derjenigen bei, die sie liebte.

An dieser entzückenden Aufgabe beteiligte sich Mordaunt: Wenn Mrs. Galton dazu in der Lage war, saß er stundenlang da und las ihr und Selina vor, während das dankbare Lächeln, das das ausdrucksstarke Gesicht der Letzteren aufhellte, seine Mühe ausreichend belohnte. Manchmal, wenn Mrs. Galton auf dem Sofa zurücklehnte, rückte er seinen Stuhl näher an Selinas Arbeitstisch heran und setzte ihre Unterhaltung in jenem leisen Ton fort, der nur dem Selbstvertrauen oder dem Gefühl gehört, das er deshalb doppelt schätzte; aber obwohl er so für einen Moment tiefer von den Tranken der Liebe trank, kam kein Wort über seine Lippen, das die geheimen Kämpfe seiner Seele verraten hätte. Es ist wahr, dass er sich den Namen „Bruder" zunutze machte, zu dessen Gebrauch ihn ihre lange Vertrautheit gewissermaßen berechtigte, und daher nicht zögerte, ihr jede Aufmerksamkeit zu schenken, die sich der eifrigste Liebhaber nur wünschen konnte. Dennoch respektierte er peinlich genau die Verpflichtung, die ihr Vater eingegangen war, und bemühte sich eifrig , die Leidenschaft, die auf seiner Seele betete , selbst vor dem Gegenstand zu verbergen . Auch Selina war seiner Freundlichkeit gegenüber nicht gleichgültig; im Gegenteil, sie empfand es mit ihrer charakteristischen Dankbarkeit und drückte ihre Gefühle mit ihrer üblichen Unbefangenheit aus; und das waren die Reize von Mordaunts Gesellschaft, trotz der Aufrichtigkeit und Tiefe ihrer Trauer über den Tod ihres Vaters gehörten die Stunden, die sie im gegenseitigen Austausch von Freundlichkeit mit den Liebsten verbrachte, zu den glücklichsten ihres Lebens: und als sie schließlich Dr. Norton erklärte, sein Patient sei ausreichend genesen, um reisen zu können. Das Bedauern über das Verlassen der Halle wurde bei Selina und Augustus wahrscheinlich nicht wenig durch die Vorstellung verstärkt, dass sich solche Stunden möglicherweise nie wieder wiederholen würden.

Endlich kam der Tag, an dem Selina sich von der einzigen Szene verabschieden sollte, mit der sie bisher Glück verbunden hatte . Es war ein kalter, stürmischer Morgen im Dezember. Ein prasselnder Regen verdunkelte die Atmosphäre, und die blattlosen Bäume boten ein Bild äußerer Trostlosigkeit, das in gewissem Maße mit der geistigen Trübsinnigkeit der Reisenden übereinstimmte . Die Sonne war kaum aufgegangen, und die Dienerschaft, die in der trostlosen Dämmerung umherhuschte, alle bestrebt, ihrer geliebten jungen Herrin und ihrer verehrten Tante ein letztes Mal Aufmerksamkeit zu erweisen, schien durch ihre Trauergewohnheiten und traurigen Gesichtsausdrücke Mitgefühl für ihren Kummer zu zeigen ; Während die traurige Gegenwart in jedem Geist mit der Erinnerung an jene freudigen Tage wohlwollender Gastfreundschaft verglichen wurde, die diese Jahreszeit früher dargelegt hatte. Mrs. Galton unterdrückte ihre eigenen Gefühle, um die anderer zu beruhigen, blieb stehen, um sich freundlich von allen zu verabschieden, während die arme Selina, überwältigt von ihrem gut gemeinten Mitleid , an ihnen vorbei stürmte und sich in eine Ecke der Kutsche warf Qual der Trauer.

Als sie das äußere Tor des Parks erreichten, trafen sie auf einige der Lieblingsmieter ihres Vaters und auf einige der Häusler, denen Selina zuvor ihre Gabe gewährt hatte, die sich versammelt hatten, um ihr den letzten Respekt zu erweisen und ihnen herzliche Wünsche für ihr zukünftiges Glück zu überbringen. aber nur wenige von ihnen konnten ihre einfachen, wenn auch ehrlichen Grüße artikulieren. Unerwünschte Tränen liefen über ihre gerunzelten Wangen, als sie sich so vom letzten Mitglied der Familie ihres verehrten Meisters trennten. Die alten Männer standen schweigend da, ihre bloßen Köpfe waren dem „Pfeifen des erbarmungslosen Sturms" ausgesetzt, während ihre Herzen den Segen gaben, den ihre Lippen nicht aussprechen wollten. Und die Mütter hielten ihre zitternden Säuglinge hoch, um ihre kleinen Hände zu küssen, während die Kutsche vorbeifuhr, in der Hoffnung, dass ihre kindlichen Gesten die Gefühle erklären würden, die sie nur durch Tränen ausdrücken konnten.

Als sie gegenüber dem Pfarrhaus ankamen, fanden sie dessen freundliche Bewohner ebenso bestrebt, den Abschiedssegen zu erteilen. Während sie durch das Dorf fuhren, waren ihre Grüße auch nicht weniger zahlreich und aufrichtig: Die meisten Fenster waren überfüllt; und die wenigen Handwerker, mit denen sich Deane rühmte, warteten an ihren Türen, um sich vorüber zu verneigen, während die arme Frau Martin und Lucy weiterhin ihre Taschentücher über den weißen Latten schwenkten, bis die Kutsche außer Sichtweite war.

Kapitel XVII.

Alquanto malagevole ed aspretta ,
Per mezzo im bosco presero la via ,
Che, oltra che sassosa fosse e stretta,
Quasi su Drita alla collina gia .
Ma poiche furo Ascesi in su la Belta
Usciro in spaziosa pratiera –
Dover il piu bel Palazzo e'l piu giocondo ,
Vider che Mai Fosse vecluto al mondo. [13]

ORLANDO FURIOSO .

Je näher Mrs. Galton und Augustus sich Eltondale näherten , desto größer wurde ihr Bedauern in der Erwartung, sich so bald von Selina zu trennen. während sich im Gegenteil ihre Stimmung mit der wechselnden Szene zu heben schien. Fast jeder Gegenstand war für sie neu und als solcher eine neue Quelle der Freude. Es wäre unmöglich, Selinas Erstaunen zu beschreiben, als sie Leeds betrat. Sie war noch nie in einer größeren Stadt gewesen; denn obwohl York nur dreißig Meilen von der Halle entfernt war, lag es hinsichtlich des Verkehrs ebenso weit außerhalb von Sir Henrys Kreis wie London selbst. Die Menschenmenge, das ständige Treiben der Passagiere, die Fröhlichkeit der Geschäfte und vor allem der Komfort und sogar die Eleganz des Hotels, in dem sie übernachteten – all das überraschte sie angenehm. Sogar die schnelle Bewegung der Kutsche, die von den Postpferden vorangetrieben wurde, deren Tempo sich so sehr von dem nüchternen Gang der veralteten Rosse des armen Sir Henry unterschied, belebte und entzückte sie. Und wird das Geständnis vergeben werden? – Ihre Unwissenheit oder vielleicht auch ihre Frivolität war so groß, dass sie nicht nur ein kindisches Vergnügen an den Rennen empfand, die die Postillionen häufig mit den Postkutschen veranstalteten, sondern auch vulgär genug war, um sie anzuerkennen. Augustus war von der *Naivität ihrer Beobachtungen* entzückt und blickte entzückt auf ihre funkelnden Augen und die wechselnde Farbe , die keinen Dolmetscher brauchten, um ihre unterschiedlichen Gefühle auszudrücken. Aber Mrs. Galton seufzte bei dem Gedanken, wie diese Geschmeidigkeit ihres Wesens, die sie jetzt für andere so betörend machte, später für sie selbst gefährlich werden könnte. Lady Eltondale , die feststellte, dass Mrs. Galton und Mordaunt entschlossen waren, Selina bis zum Ende ihrer Reise zu begleiten, hatte eine höfliche Einladung an sie geschrieben, einige Tage in ihrem Haus zu bleiben; aber sie hatten beide beschlossen, diese verspätete Höflichkeit nicht einmal für eine Nacht in

Anspruch zu nehmen; Aufgrund unvorhergesehener Verzögerungen erreichten sie Eltondale jedoch erst nach neun Uhr abends. Es war eine dunkle, stürmische Nacht; Der Wind, der in gewaltigen Böen wehte, hatte die Lampen der Kutsche ausgelöscht, und sie fanden nur mit Mühe ihren Weg durch einen dichten Wald, der an der Seite eines Hügels emporstieg, auf dem das Haus stand; Doch als sie aus dieser cimmerischen Dunkelheit auftauchten, tauchte das prächtige Herrenhaus in einem ununterbrochenen Lichtschein vor ihnen auf. Das Äußere konkurrierte aufgrund der Leichtigkeit seiner Portiken, der Regelmäßigkeit seiner Kolonnaden und der Symmetrie seiner gesamten Proportionen mit der Eleganz einer italienischen Villa. Auch der Innenraum war nicht weniger elegant. Kurz bevor die Kutsche die Stufen der Veranda erreichte, flogen die bereitstehenden Türen auf, und eine Schar von Dienern begrüßte ihr Herannahen; und die Szene, in die sie so plötzlich eingeführt wurden, war so strahlend, dass es einige Minuten vor den Reisenden war konnte dem blendenden Glanz dieses plötzlichen Tages ins Auge sehen. Als es ihnen jedoch ermöglicht wurde, sich umzusehen, rief der *Staatsstreich unwillkürliche* Bewunderung hervor. Vor ihnen lagen drei Säle *mit eigenem Bad* offen, alle beleuchtet, insbesondere der mittlere , der eine helle Steintreppe enthielt, die sich um eine Kuppel bis zum Dach des Hauses schlängelte und nur durch Galerien unterbrochen wurde, die den verschiedenen Stockwerken entsprachen . Aus der Halle, in der sie standen, erstreckte sich ein Wintergarten voller üppiger Süße. Die Rosen, die über den Spalierbögen hingen, standen in voller Blüte und bildeten einen schönen Kontrast zu den Eiszapfen, die an der Außenseite der Fenster hingen, während der blühende Garten selbst einen ebensolchen Kontrast zum Winterkleid der angrenzenden Hallen bildete. In ihnen gaben große lodernde Feuer sowohl Licht als auch Wärme; Während dicke türkische Teppiche, Bärenfellteppiche und Stoffvorhänge an jeder Tür der Härte der strengsten Jahreszeit trotzen.

Bevor Selina Zeit hatte, ihre Verzückung und Überraschung zum Ausdruck zu bringen, kam die Alcina dieses verzauberten Palastes auf sie zu, um sie zu begrüßen. Und die Eleganz und Faszination von Lady Eltondales Ansprache, insbesondere an Mrs. Galton und Augustus, war so groß, dass sie einen Moment lang fast daran zweifelten, ob sie ihren Verbotsbrief tatsächlich richtig verstanden hatten. Lord Eltondale hatte den Esstisch noch nicht verlassen; Doch als er von der Ankunft seiner Gäste hörte, stürzte er mit der Serviette in der Hand hinaus und rief lautstark seine Begrüßung: „Mein Gott, ich freue mich, Sie alle zu sehen. Wie geht es? Wie geht es? Warum, Mrs. Galton.", du bist dünner denn je; aber das ist ein toller Mastboden. Selina, mein Mädchen, was hast du mit den rosigen Wangen gemacht, die du letzten Sommer hattest? Komm, Kind, weine nicht; du weißt, dass du Sir Henry nicht erwarten konntest um ewig zu leben – und du hast jede Menge Geld, nicht wahr?" Lady Eltondale , die spürte, dass das Beileid ihres Herrn Selinas

Tränen keineswegs linderte, ergriff ihre Hand und die von Mrs. Galton und führte sie mit einer viel wirksameren, wenn auch vielleicht nicht aufrichtigeren Freundlichkeit von ihrem bewusstlosen Herrn weg, der, Ohne auf eine Antwort oder eine Entschuldigung zu warten, packte er Mordaunt am Arm und zerrte ihn in den Speisesaal , wie er sagte, „um die Gesundheit der Damen in einer Flasche des besten Burgunders zu trinken, den er je probiert hatte.“

Der Salon, den Lady Eltondale ihren Gästen vorstellte, passte perfekt zu seinem wunderschönen Eingang, denn hier

„Wenn ein Dichter
in der Beschreibung glänzen würde, könnte er es zeigen –
palladianische Mauern – venezianische Türen – groteske Dächer –“

Kurz gesagt, all der Geschmack und die Extravaganz, die man aufbringen kann, um Komfort und Eleganz zu verbinden.

Bevor Lady Eltondale den Vorhang zur Seite zog, der die Tür des Vorzimmers verbarg, waren ein paar Akkorde auf der Harfe zu hören – und als sie die Wohnung betraten, bemerkten sie zwei Damen. Eine davon war eine alte Frau, in Trauer gekleidet, mit einer großen schwarzen Haube, die ihr Gesicht fast vollständig verbarg, die Lady Eltondale als Lady Hammersley vorstellte. Sie schaute für einen Moment von einem Buch auf, in dem sie anscheinend aufmerksam las, und nachdem sie die Fremden mit einer unterwürfigen Kopfneigung begrüßt hatte, nahm sie schweigend ihr Studium wieder auf. Die andere Dame, die an der Harfe lehnte, war im äußersten französischen Stil gekleidet. Ihr Gesicht war zwar nicht gerade jugendlich, wirkte aber aus dieser Entfernung aufgrund der klugen Anordnung von Weiß und Rot, mit der es bedeckt war, hübsch. Doch bei näherer Betrachtung stellte sich heraus, dass die einzigen Reize, die es wirklich zu bieten hatte, ein Paar große schwarze Augen waren, die jeden gewünschten Ausdruck annehmen konnten, und ein Gebiss, das, ob natürlich oder künstlich, auf jeden Fall wunderschön war. Ihr dunkles Haar war mit einem Kranz aus Rosen *en corbeille gekrönt* , der Farbe ihrer Wangen; und ihre große, schlanke Figur war von einem lockeren Musselingewand *à la Diane bedeckt, nicht verborgen* .

Zuerst nahm die Viscountess keine Notiz von der schönen Minnesängerin; Aber nachdem sie Mrs. Galton in einem römischen Stuhl nahe an das Feuer gesetzt und Kaffee und einen Opernkorb für ihre Füße bestellt hatte, nahm sie Selinas Arm unter ihren eigenen, näherte sich dem Fremden und sprach sie mit den Worten an: „Endlich Mademoiselle Omphalie , hier ist meine Nichte: Habe ich zu viel von ihr gesagt?“ „ *Ah! mein Dieu, qu'elle Es ist schön!* „Erwiderte der gefällige Ausländer.“ *Ma foi , elle est scheitern à peindre .* [14] *Ma chère* young ladi , wir müssen sehr gute Freunde sein: Ich bin mir sicher, dass ich dich lieben werde." Mit diesen Worten reichte sie Selina die Hand, die die angebotene Höflichkeit mit einem Anflug von Dankbarkeit für die unerwartete Freundlichkeit erwiderte. Aber die Die Viscountess ließ ihrer Nichte keine Zeit, von der Höflichkeit des Fremden viel zu profitieren. Sie erinnerte sich nur zufällig, dass Selinas Pelze im Salon Ihrer Ladyschaft unnötig waren, und schlug den Reisenden vor, sie in ihre Gemächer einzuführen, was sie gerne annahmen Aber hier fiel ihren staunenden Augen eine neue Mode auf. Die Viscountess forderte ihre Lakaien auf, „ Argant " zu schicken, um die Zimmer zu zeigen. Mrs. Galton und Selina bildeten sich unwissentlich ein, sie würden der Obhut eines Hausmädchens übergeben werden. Was dann? Sie waren bestürzt, als ein Schweizer Kammerdiener mit seinen Wachskerzen erschien und sie nicht nur in ihre aneinander angrenzenden Zimmer begleitete, sondern vertraulich mit ihnen in die Gemächer eintrat und absichtlich die Kerzen anzündete ihre jeweiligen Toiletten fragten mit tausend Schulterzucken und Grimassen: „ *Si mesdames lui ."* *permettront l'honneur d'ôter leurs pelisses* [15] *?* „Als er sich endlich zurückgezogen hatte, konnte Mrs. Galton ihre Gefühle nicht länger unterdrücken; die Tränen liefen ihr über die Wangen, als sie Selina an ihre Brust drückte, voller ängstlicher Vorfreude auf die Prüfungen und Versuchungen, eine Szene, die so neu und so bezaubernd war Sie würde es wahrscheinlich einem Mädchen anbieten, das so völlig unerfahren ist. Doch da sie nicht unnötigerweise gewillt war, die Stimmung des lieben Mädchens, die bereits zwischen Freude und Trauer schwankte, zu dämpfen, führte sie ihre Depression einzig und allein auf die Idee zurück, sich so bald von ihr zu trennen, wie sie es sich vorgenommen hatte um Eltondale mit Augustus am nächsten Morgen sehr früh zu verlassen . Als die beiden Damen in den Salon zurückkehrten, stellten sie fest, dass die Herren sich der Gesellschaft angeschlossen hatten. Neben Lord Eltondale und Mordaunt wurde der Kreis durch Sir Robert Hammersley, einen alten dicken schottischen Admiral, erweitert , und sein Sohn, der sich in voller Länge auf ein Sofa geworfen hatte und einer italienischen *Arietta lauschte, trällerte* Mademoiselle Omphalie in „langgezogener, flüssiger Süße", während er gelegentlich ihre feinsten Kadenzen mit einem hörbaren Gähnen unterbrach , oder ein fast unverständliches „ *brava .*" Lady Eltondale , Lady Hammersley und Mrs. Galton bildeten eine Gruppe und begannen ein allgemeines Gespräch, während Sir Robert und sein Gastgeber eifrig damit beschäftigt waren, einen politischen Streit fortzusetzen. Selina lauschte aufmerksam der entzückenden Harmonie von Mademoiselle Omphalies melodischer Stimme, bis ihr Blick schließlich auf den von Mordaunt traf, der ausschließlich auf ihrem ruhte, und ihr ausdrucksstarkes Gesicht ihm in einem Moment ihre ganze Bewunderung und Freude verriet. Er näherte sich ihr sanft, beugte sich über ihren Stuhl und sagte leise: „All diese neuen Freuden werden Sie bald vergessen lassen – ich meine, Sie werden kaum Zeit haben, an Yorkshire zu denken." Sie wandte ihm ihr schönes Gesicht mit einem Ausdruck von Melancholie und Überraschung zu, aber als sie seinem sprechenden Blick begegnete, zog sie hastig ihre Augen zurück und errötete mit einem undeutlich definierten Gefühl schmerzhafter Freude: einige Blumen, die sie rücksichtslos von einem genommen hatte Die Porzellanvase , die neben ihr auf einem Tisch stand, litt unter ihrer Aufregung, als sie unbewusst einige der Myrtenblätter auf dem Boden verstreute. Augustus hob einen der heruntergefallenen Zweige auf und blickte Selina an: „ *Je ne change qu'en* ." *mourant* ", sagte er mit einer Betonung, die das Motto nicht nur auf das Blatt, das er hielt, anzuwenden schien. Selinas Verwirrung nahm zu, und eine Träne stand auf ihren langen Wimpern, aber bevor sie den halbgeformten Satz artikulieren konnte Lady Eltondale zitterte auf ihren Lippen, trat an den Tisch und bat sie plötzlich, ihre Meinung zu einigen Zeichnungen zu äußern, die dort verstreut lagen; und sie nahm sie für den Rest des Abends so vollständig in Beschlag, dass sie keine Gelegenheit dazu mehr hatte Als sich die Gesellschaft jedoch für die Nacht auflöste, ging er auf sie zu und fragte sie, ob sie noch weitere Befehle für ihn hätte; aber mit einer Beklommenheit, die sie nicht mit der Analyse abwartete, verschob sie ihren Abschied und flehte ihn nicht an Dann wollte sie sich verabschieden, denn sie hatte sicherlich vor, lange aufzustehen, bevor Mrs. Galton und er Eltondale am nächsten Morgen verlassen würden.

ENDE VON BAND. ICH.

[1] „Was sagen Sie dazu?" – „Ich sage, solche Konzerte eignen sich nur zum Übernachten."

[2] Wenn Narren ein Extrem meiden würden, stoßen sie auf das andere.

[3] Tatsache.

[4] Und an ihrem Wandel erkennt man die Königin der Liebe.
DRYDEN.

[5] Nichts tun, indem man immer nichts tut.

[6] Sag mir, mit wem sie geht, und ich sage dir, was sie tut.

[7] Lachende Venus, umgeben von Liebe und Freude.

[8]

Aus der Erinnerung Wir verlängern die Kette, um das Objekt
zu trennen , das wir lieben.
Wie eitel ist der Schmerz, der das Herz zerreißt.
Welchen fruchtlosen Kummer beweisen wir!
Der liebe Gedanke, den wir noch hegten ,

kehrt immer wieder zurück,
und der Gedanke, dass wir ihn vergessen sollten
, beeindruckt ihn umso mehr.

[9] Wer schüchtern bittet, lehrt zu leugnen.

[10]

Sizilianische Muse, beginne eine höhere Belastung;
Die niedrigen Sträucher und Bäume, die die Ebene beschatten,
erfreuen nicht alle.
DRYDEN.

[11] Zeigt auf die Kreide auf dem Boden.

[12] Anmut ist schöner als Schönheit.

[13] Zweifellos werden die meisten meiner Leser ihre eigenen Übersetzungen meiner Mottos denen vorziehen, die ich ihnen anbieten könnte; aber für diejenigen, die sich dazu entschließen, diese Mühe zu vermeiden, füge ich meine Nachahmungen hinzu, die keinen anderen Verdienst beanspruchen, als dass sie eine allgemeine Vorstellung vom Geist der Originalpassage vermitteln.

Durch den Wald erkundeten sie ihren Weg,
der den zotteligen Berghang
hinaufstieg ; Dunkel, schmal war der gewundene Weg,
über vielen durchdringenden Steinen lag er.
Aber als sie den Schatten des Waldes verließen,
stand eine geräumige Plattform zur Schau ,
auf der sich in Sichtweite ein Palast erhob,
eine lächelnde Szene fröhlicher Freude.

[14] „Ah! Wie schön ist sie!" „Sie ist göttlich geformt."

[15] „Wenn die Damen ihm erlauben würden, ihre Pelze auszuziehen."